LA

GRANDE VIE DE PARIS

DU MÊME AUTEUR

La société parisienne, in-18 jésus............... 3 fr. 50

Mondes parisiens........................... 3 fr. 50

Parisiens et parisiennes en déshabillé......... 3 fr. 50

ÉMILE COLIN — IMPRIMERIE DE LAGNY

ZED

LA
GRANDE VIE
DE
PARIS

PARIS

ERNEST KOLB, ÉDITEUR

8, RUE SAINT-JOSEPH, 8

LA VIE ÉLÉGANTE A PARIS

LA VIE ÉLÉGANTE A PARIS

Il y a vingt-cinq ou trente ans, l'élégance à Paris, c'est-à-dire l'ensemble de qualités et de défauts, d'agréments et de travers, de brillant et de ridicule que les badauds ont baptisé de ce nom, était, comme tout le reste, beaucoup plus personnelle qu'aujourd'hui.

Elle appartenait presque exclusivement à quelques individualités très en vue, se distinguant de la foule par leur situation sociale, leur fortune, leur esprit, le charme de leur personne ou l'originalité fastueuse de leur existence. Il y avait des gens élégants et à la mode par eux-mêmes, souvent très dissemblables les uns des autres et très variés dans leur façon de pratiquer ce que depuis on a appelé le *chic*. Chacun d'eux portait l'empreinte d'un cachet particulier et avait une touche toute spéciale qui n'appartenait qu'à lui. Les copier était difficile et ne suffisait pas, d'ailleurs, au premier venu pour s'approprier leur prestige. Pris en bloc, ils faisaient la pluie et le beau temps, et imposaient leur volonté au menu fretin de la phalange mondaine ; mais il n'était pas donné à tout le monde de faire partie de leur corporation, ni d'adopter avec succès leur genre de vie.

De nos jours, les groupes tendent à remplacer partout les individus, les faits à se substituer aux personnes et à les effacer. C'est une loi à laquelle le brillant monde n'a pas plus échappé que tout le reste. Ce ne sont plus les personnalités en relief qui donnent le ton et la vogue aux choses qu'ils font ; ce sont les choses qui classent les personnages. Il n'existe guère, à proprement parler, d'hommes ni de femmes élégants par essence et de leur propre fonds — ou, s'il en existe, on ne les remarque pas — il y a seulement une manière de vivre dite élégante, accessible à n'importe qui ayant de l'or dans ses poches et du temps à gaspiller, qui ceint d'une au-

réole le front de ses adeptes et les range incontinent, quelle que soit d'ailleurs leur valeur
intrinsèque, dans la catégorie des *pschutteux*
en évidence et en renom.

Elle consiste, cette vie-là, à faire régulièrement et ostensiblement un certain nombre
de choses en apparence assez insignifiantes,
mais qui passent, on ne sait trop pourquoi,
pour être la quintescence du bel air. Les clubs,
le sport, le spectacle, les réceptions intimes,
le bois de Boulogne et les ventes de charité,
en sont les pivots et tracent les limites de la
petite église hors de laquelle il n'y a point de
salut.

LES CLUBS

Appartenir à un grand club est de rigueur
pour quiconque aspire aux honneurs du chic
et du reportage mondain. C'est, pour un
homme, le point de départ de la vie élégante,
la condition préalable et essentielle de son
entrée dans les parages inaccessibles aux
simples mortels. Cela explique pourquoi l'on
voit sans cesse des seigneurs sans importance se présenter jusqu'à trois ou quatre

fois à l'*Union* ou au *Jockey* — les deux
cercles les mieux cotés dans le *high life* —
et chercher inutilement à en forcer les portes
avec une ténacité et une obstination dignes
d'un meilleur sort.

Mais faire partie d'un club haut placé dans
l'opinion, voir figurer son nom sur la liste
triée de ses membres, n'est pas suffisant
encore pour avoir droit à un diplôme d'élégance et pour être catalogué dans le livre
d'or de la grande vie. Il faut s'astreindre à
certaines règles et ne pas s'écarter des sen-
tiers battus par les Pontifes de la *fashion*.
Ne jamais aller à son cercle avant quatre
heures de l'après-midi, n'y reparaître, le
soir, que vers onze heures et demie ou minuit,
y jouer gros jeu, n'y fréquenter assidûment
que les gens du sport et de plaisir, toiser les
autres du haut de sa grandeur, prendre vis-
à-vis d'eux des airs de supériorité et ne les
saluer que d'une façon distraite et indiffé-
rente ; tout cela est indispensable pour se
séparer du vulgaire et s'élever jusqu'aux
sommets où planent les privilégiés de ce
monde.

J'en ai connu deux ou trois de ces forçats

de la gloriole et de la vanité, qui, ayant horreur de la société masculine et des agglomérations humaines, n'en avaient pas moins remué ciel et terre pour être admis dans plusieurs clubs, et qui se condamnaient volontairement à les fréquenter tous pour établir leur notoriété mondaine et acquérir la réputation d'hommes extraordinairement élégants.

LE SPORT

Le mot est anglais, la chose aussi. Elle n'était nullement dans nos goûts et je ne crois pas non plus dans nos aptitudes. Le fait est, cependant, qu'après avoir été importée d'outre-Manche, elle a si bien pris racine chez nous, dans le milieu qui se pique de raffinement et de distinction, qu'à l'heure qu'il est, la sportomanie est devenue une des assises fondamentales et l'une des questions les plus importantes de la vie élégante de Paris.

Tout cavalier, digne de ce nom, qui se targue de la mener et qui pretend y briller, doit assister à toutes les courses sans excep-

tion, connaître tous les hippodromes, même
les plus infimes, savoir par cœur son *stud book*,
ne pas hésiter sur la généalogie des innombrables quadrupèdes qui sillonnent le *turf*,
parler à tort et à travers sur les chevaux des
autres, s'il n'en possède pas lui-même — ce
qui, pourtant, est préférable et vous pose mieux
son homme — posséder à fond son sujet,
l'aborder dans la conversation plus volontiers
que tout autre, le traiter *ex professo* et être
intarissable.

Il doit aussi jouer au *lawn tennis* — la
paume, plus française, étant un peu démo-
dée — se faire inviter aux grandes battues
de faisans ou de lapins des environs de Paris,
y aller avec deux fusils, fabriqués à Londres
toujours, et ne pas être signalé comme un
trop mauvais tireur. Si, par surcroît, il chasse
à courre et s'absente, dans la saison propice,
pour pêcher la truite en Norvège, alors il
atteint le sublime du genre et il est au comble
du *pschuttisme*. Sans oublier quelques
courses à pied avec un podomètre, des sou-
liers ferrés et un accoutrement de circonstance, qui, habilement ébruitées, ne pourront
qu'ajouter quelques fleurons à sa couronne.

LE SPECTACLE

Pour les gens soucieux de leur renommée —
les femmes surtout — il y a deux manières
d'aller au spectacle. La première, qui est
obligatoire, se résume dans la fréquentation
officielle et en toilette des trois ou quatre
théâtres de prédilection de la bonne compagnie, mais seulement aux jours réputés chics :
le lundi, le mercredi et le vendredi à l'Opéra ;
le mardi, à la Comédie-Française ; le samedi,
à l'Opéra-Comique, en hiver, et au Cirque au
printemps ; la seconde, essentiellement facul-
tative, consiste, pour les vrais dilettantes,
courir *incognito* tous les théâtres, grands
ou petits, élégants ou non, afin de voir,
comme de simples bourgeois, les pièces nouvelles et s'amuser sans prétention.

On peut, sans déchoir et sans descendre
de son piedestal de dandysme, cumuler ces
deux procédés, complètement indépendants
l'un de l'autre ; c'est même ce qui arrive généralement. Mais, à qui tient tant soit peu
à marquer dans le clan des illustrations mondaines, il n'est permis, ni de ne se soustraire

1.

à l'obligation de figurer, de temps à autre, dans les salles à la mode, ni de choisir pour cela d'autres jours que ceux qui ont été adoptés par la société.

Les coulisses de l'Opéra — quoique très déchues de leur ancienne splendeur — et le foyer des artistes au Théâtre-Français font aussi partie de la haute vie. Y être assidu et y avoir des relations féminines très suivies et très intimes, contribue singulièrement — je me demande pourquoi, maintenant que l'accès en est si facile — à donner du relief et du brillant à un homme. Il en est qui n'ont pas d'autre marchepied pour parvenir à une situation mondaine très enviée.

Quant aux premières représentations, jadis si courues par la coterie la plus flamboyante, elles en sont actuellement délaissées et il me paraît qu'il faut définitivement la rayer de la liste des élégances. C'est à peine si quelques fanatiques, comme le prince de Sagan, par exemple, continuent à y aller et à panacher d'un élément très tranché le public de journalistes, de littérateurs et d'artistes, dont elles sont presque uniquement composées.

LES RÉCEPTIONS INTIMES

Assister plus ou moins souvent à des bals ou à des raouts, voire à des dîners de cérémonie, ne constitue pas une véritable et indéniable élégance. Cela ne suffit point, en tout cas, pour établir péremptoirement que l'on ne vit pas comme les vulgaires *tompins* et que l'on mène l'existence subtile réservée à l'élite et à la crème. Pour être marqué au bon coin et occuper un rang honorable dans les hautes régions de la société parisienne, il est indispensable d'être fréquemment prié aux dîners intimes et élégants, desquels sont impitoyablement exclus les pauvres hères qui ne sont pas de la confrérie. Il faut, pardessus tout, si on est femme, avoir des petits cinq heures (*five o'clock*) triés sur le volet, très suivis et très courus, et si on appartient au sexe laid, être un habitué des réceptions restreintes et journalières de ces dames.

Les femmes dans le mouvement n'ont *un jour* que pour les indifférents, les ennuyeux et les relations banales qu'elles ne se soucient

pas de cultiver; un homme un peu lancé,
admis dans leur familiarité, se garderait bien
de s'y montrer. Le reste de la semaine, elles
reçoivent, de cinq à sept, leurs amies et leurs
attentifs. Au commencement de la saison, ces
réunions sont relativement nombreuses;
mais, petit à petit, le cercle se rétrécit et les
préférés finissent par chasser les autres.
Malheur à l'intrus qui se fourvoie dans ce
cénacle!

La vicomtesse Greffulhe, sa belle-sœur la
comtesse de l'Aigle, la comtesse de Pourtalès,
la princesse de Sagan, la comtesse de Briey,
madame de Broissia, madame Porgès, mes-
dames Alphonse et Adolphe de Rothschild,
méritent d'être citées en première ligne
parmi les maîtresses de maison dont les *five
o'clock* sont les plus recherchés.

LE BOIS DE BOULOGNE

Le complément obligé de toutes ces prati-
ques mondaines, c'est la promenade au Bois,
en voiture ou à cheval. Quand on est voué à
la vie élégante, on est tenu de s'y faire voir
au moins une fois par jour — dans l'après-

midi ; c'est ce qui s'appelle *faire son persil.*

Mais, pour être tout à fait en évidence et compter parmi les illustrations du *high-life*, il est nécessaire, en outre, de s'arracher de son lit à huit heures du matin, par tous les temps, et de monter à cheval, en compagnie de M. Mackenzie-Grieves, l'homme-centaure, de stationner à la *potinière* (vous savez que c'est l'endroit du bois où l'allée des acacias croise celle des cavaliers) et de ne rentrer chez soi que pour le déjeuner.

Très pittoresque et, parfois, très amusante, du reste, cette promenade matinale, émaillée de fringantes amazones du vrai monde et du demi-monde, et dont l'escadron volant des jeunes américaines, avec leur entrain endiablé, n'est pas un des moindres attraits.

LES VENTES DE CHARITÉ

La charité y est pour quelque chose — me préserve le ciel d'en douter ! — mais assurément pas pour tout. On y spécule sur la vanité humaine et sur l'amour-propre du riche pour soulager la misère du pauvre ; rien de mieux. N'empêche que, par cela même, ces

sortes d'appels à la compassion sont bel et
bien devenus une des manifestations essen-
tielles de l'existence à grand orchestre.

Une femme du monde qui se respecte et
qui veut maintenir ou affermir sa position ne
saurait se dispenser de patronner une œuvre
quelconque et de vendre, à un jour donné, en
faveur de cette œuvre. Elle profite de la circonstance pour étaler tout son luxe et déployer toutes ses séductions. Pour ce qui est
des hommes tout les oblige, — s'ils tiennent
à faire parler d'eux — à emboiter le pas et à
payer galamment de leur personne et de leur
bourse. Nul n'est complet et ne peut se dire
élégant sans passer par cette étamine.

LES

RÉCEPTIONS MONDAINES A PARIS

RÉCEPTIONS MONDAINES A PARIS

LES BALS

Une des particularités de ce temps-ci au point de vue des plaisirs mondains, c'est que les bals proprement dits y sont devenus sensiblement plus rares qu'autrefois. Sous la monarchie de Juillet, où cependant la société parisienne était très divisée par la politique, et sous le second Empire, où, sauf quelques exceptions, elle le fut moins, on donnait à danser dans le brillant monde beaucoup plus volontiers et beaucoup plus fréquemment qu'aujourd'hui.

Doit-on — comme on est généralement en-
clin à le faire — ne voir dans cette transfor-
mation de nos habitudes que le signe d'un
malaise matériel malheureusement indiscutable et d'un état d'esprit ultra-pessimiste,
moins profond, en somme, qu'on ne l'imagine? Je ne le pense pas. On a dansé, avec
frénésie, à des époques infiniment plus agi-
tées et plus moroses que la nôtre, au lendemain de la Terreur par exemple, et il ne s'est
jamais vu, au bout du compte, que les désastres financiers, les troubles politiques, l'in-
quiétude, ni même le danger, aient empêché
les Français de s'amuser. Est-ce un défaut
ou une qualité? Je ne me charge pas de le
décider. Toujours est-il que cela est. Le
monde parisien, d'ailleurs, est loin d'être
tombé dans le marasme, comme certains es-
prits chagrins le prétendent sans trop savoir
pourquoi. Il ne s'amuse pas moins qu'auparavant; il s'amuse autrement, voilà tout. Et,
pour n'avoir pas toujours lieu sous forme de
bals, les réceptions n'en sont ni moins brillantes, ni moins nombreuses que du temps de
nos aînés. C'est donc en dehors des considé-
rations générales et extérieures, qu'il faut

chercher les causes de la pénurie relative des bals aujourd'hui.

Selon moi, elles sont multiples. D'abord, le discrédit où est tombée la danse parmi les élégants des deux sexes. Nos pères dansaient encore à cinquante ans et nous ne dansons plus à trente. Quant aux femmes, sauf dans leur toute première jeunesse, elles n'ont plus guère la passion d'un amusement peu apprécié de leurs cavaliers, et, faute surtout de danseurs agréables, elles préfèrent, en général, flirter ou causer. Vient ensuite le développement excessif du luxe, qui a rendu malaisée l'organisation d'un genre de réunion exigeant, plus que tout autre, de l'apparat, de la mise en scène et des frais. On ne peut plus donner un bal — même le plus simple — sans un déploiement exagéré de serviteurs, d'éclairage, de décorations et de rafraîchissements. Les gens vous sauraient très mauvais gré de les inviter à une fête dansante pour leur offrir du thé et de l'orangeade. Et alors, on s'abstient.

Une autre raison pour laquelle les bals ont un peu perdu de leur attrait, c'est qu'on en a supprimé l'élément le plus gai, le plus vivant et le plus charmant en introduisant dans les mœurs parisiennes l'usage déplorable des *bals blancs*, ainsi nommés parce qu'ils sont exclusivement composés de jeunes filles — avec leurs mamans en tapisserie, bien entendu — et de jeunes gens à marier. Grâce à cette invention des mères de famille en détresse, qui ont cru y trouver une suprême ressource pour caser leur progéniture, on a fini par se dispenser d'inviter les jeunes filles aux bals ordinaires et ils en ont d'autant plus souffert que, naturellement, les jouvenceaux à la recherche d'une position sociale, les seuls danseurs à peu près sur lesquels on puisse réellement compter de nos jours, se sont empressés d'y briller par leur absence.

Enfin, il convient de tenir compte, dans une certaine mesure, de l'effacement du monde officiel, présentement atrophié, tandis que, sous les régimes précédents, il donnait l'impulsion au mouvement mondain et contribuait pour une large part à la somme de bals à enregistrer dans une saison. Les ministères, jadis si hospitaliers et si resplendissants, n'ouvrent plus les portes de leurs somptueux hôtels que pour de simples réceptions et ont presque complètement supprimé les bals. Serait-ce, selon le mot un peu amer de Gambetta, parce que la République manque de femmes ? Dans tous les cas, c'est une lacune et un important élément de moins dans le grand tourbillon mondain de la capitale.

Toutefois, les bals parisiens, si restreint qu'en soit actuellement le nombre, ont conservé une physionomie et un cachet particuliers. Ils sont d'espèces très différentes et très variées qui ont chacune leur mérite et leur charme spécial. Essayons de les définir.

BALS GRANDIOSES

Pour donner un bal grandiose, il faut être ministre, ambassadeur ou habiter un hôtel monumental entre cour et jardin, qui vous permette d'inviter deux mille personnes sans que votre réception dégénère en une abominable cohue et sans que le train habituel de votre existence ait par trop à en souffrir. Il faut faire les choses grandement et tout sacrifier, sans aucune arrière-pensée de lésinerie, au luxe, à l'éclat et à l'ampleur de la fête. Il faut tapisser ses appartements, depuis le bas de l'escalier jusqu'au boudoir le plus intime, de fleurs et de plantes rares ; avoir une armée de laquais, poudrés et en livrée irréprochable, un ou plusieurs orchestres mirobolants placés de façon à être entendus sans étourdir les gens qui causent ni gêner la circulation ; un buffet en permanence servi avec profusion et élégance ; un souper assis, fin, copieux et confortable, avec des vins exquis et une argenterie magnifique ; des accessoires de cotillon qui, suivant la mode du jour, soient de véritables objets d'art, souvent d'une certaine valeur, que les danseuses emportent chez elles et conservent comme un trophée de leurs triomphes chorégraphiques.

Puis il est indispensable, pour animer tout cela, d'avoir l'élite du monde, des clubs, de la diplomatie, de la politique et de la colonie étrangère. Il faut pouvoir étonner, éblouir, émerveiller, imposer. Si l'on s'amuse par dessus le marché, tant mieux ; mais ce n'est pas indispensable, et j'ajouterai que c'est rare. Il faut être l'ambassadeur d'Angleterre ou de Russie, la princesse de Sagan, la marquise de Lillers, la vicomtesse de Tredern,

madame Gaston Ménier ou le duc de Doudeauville.

C'est assez dire que le bal grandiose est
de tous le moins fréquent et le plus difficile
à mettre sur pied. Il est toujours un événe-
ment et fait époque dans les annales de la
société. Pour qu'il soit réussi et qu'il porte
ses fruits, il est nécessaire que l'on en parle
longtemps après dans les salons et dans les
grands clubs, que les pontifes du chic, les
princes de la critique mondaine, le procla-
ment admirable. Un degré au-dessous, il est
manqué.

BALS PRÉTENTIEUX

On les donne par ostentation, par vanité,
à son corps défendant, pour acquérir de la
notoriété, du prestige, pour étendre ses relations et se bien poser dans le monde. Ils sont
un véritable supplice pour ceux qui reçoivent
et pour ceux qui y vont. Les premiers ont
fait un gros accroc à leur budget; ils ont dû
bouleverser de fond en comble leur appartement, déplacer leurs meubles, changer des
tentures, supprimer des portes, abattre des

cloisons, louer des domestiques en supplément; ils se sont donné un mal énorme et se sont soumis à toutes sortes d'ennuis et de privations; ils ont vécu comme des bohémiens, dans un désordre et un tohu-bohu affreux, plutôt campés chez eux qu'installés pendant l'interminable semaine qui a précédé le grand jour, sans compter les horreurs du lendemain. Les seconds, partagés entre la perspective d'un ennui et le désir immodéré de paraître au bal de madame une telle, de pouvoir dire qu'ils y étaient priés, ont fait les réflexions les plus sombres; ceux-ci ont commis des bassesses pour être invités, tout en se plaignant à leurs amis, d'un air maussade et dégagé, de ne pouvoir refuser une invitation qui les assomme; ceux-là se sont résignés à donner une nouvelle toilette à leur femme et lui ont loué, chez le bijoutier, une parure destinée à éclipser ses bonnes petites amies; tous se sont imposé des sacrifices et gémissent intérieurement de prendre part à une réjouissance dont ils ne voudraient cependant, pour rien au monde, être exclus. Singulière situation!

Les bals prétentieux sont élégants jusqu'à

la recherche et à l'affectation. Mais ils sont froids, guindés, et, pour qui veut regarder de près les détails, ridicules et incomplets dans mille choses. Tout y est tiré par les cheveux ; tout le monde y pose et y joue la comédie ; on y éprouve une sensation indéfinissable de gêne et d'ennui. Les maîtres de la maison sont préoccupés, affairés, affectés et mal à l'aise ; ils n'ont pas l'air d'être chez eux. Ils sont trop empressés ou trop raides, selon les personnes. Ils sont poursuivis par la crainte que les salons se vident trop tôt, que la fête tombe à plat et ils le laissent beaucoup trop voir. Leur grand souci est de retarder le plus possible le commencement du cotillon pour qu'il ne se termine qu'au jour. D'où il résulte, par moments, des accalmies et des temps d'arrêt qui achèvent de glacer la réunion.

Le pis est que ces sortes de bals vous font toujours beaucoup d'ennemis. On ne pouvait pas inviter toutes ses connaissances et l'on tenait à exhiber le dessus du panier. Il n'en faut pas davantage pour exaspérer les autres. N'importe, on a produit son effet ; on a jeté de la poudre aux yeux aux badauds ; on est choyé, recherché, courtisé ; on a son petit

« écho » dans les journaux ; on est, pendant quelque temps, le sujet de toutes les conversations : — J'espère, ma chère, que vous ne m'en voulez pas de n'être pas venue vous voir la semaine dernière. J'ai été très souffrante ; j'ai pris froid au bal de madame ***.

— Ah ! vous y étiez ? — Oui, c'était charmant !...

BALS SANS PRÉTENTION

Ce sont ceux qu'on donne dans son milieu, selon ses moyens, naturellement, sans effort, sans prétention, pour son agrément, pour réunir ses amis, pour les voir, pour causer avec eux, pour leur rendre des politesses et non pour émerveiller la galerie. Ce sont les seuls gais et les seuls vraiment amusants.

Dans les bals sans prétention on connaît plus ou moins intimement tous les gens qu'on a chez soi et ils se connaissent tous entre eux. Inutile donc d'étaler un faux luxe, de chercher à se tromper mutuellement, de jouer un rôle. Chacun s'y montre tel qu'il est et apporte son contingent d'animation et d'entrain. Tout y est large, simple, élégant, confortable.

Assez de monde pour remplir convenablement les appartements et pas de foule. On circule facilement; on se case par groupes sympathiques; on bavarde, on danse, on flirte, on se promène et il n'y a du commencement à la fin ni un instant de froid ni un mouvement d'hésitation. Le cotillon commence à une heure raisonnable, et se poursuit sans interruption, avec une gaieté folle, jusqu'à cinq ou six heures du matin.

Je remarque que les bals sans prétention deviennent très à la mode — tant mieux. Nous en avons eu dans ces derniers temps un certain nombre, entre autres, chez la baronne Levavasseur, chez la baronne Gourgaud, chez madame Georges de Salverte, chez madame Firino... J'en passe et des meilleurs.

BALS DE BIENFAISANCE

Le but de ces fêtes-là est certainement très louable et, de plus, il est généralement atteint, puisque l'on place presque toujours la totalité des billets. Mais, en revanche, rien n'est moins attrayant que ces bals en eux-mêmes. Le fait seul qu'ils ont lieu habituellement dans

un local public, tels qu'un hôtel ou une salle
· de spectacle, ne contribue déjà pas à les rendre élégants. Mais, en outre, il arrive que les
dames patronnesses et les femmes comme il
faut n'y vont point ou n'y font qu'une courte
apparition ; et il s'ensuit le plus souvent qu'ils
sont envahis par des beautés interlopes et des
messieurs d'une distinction et d'une correction douteuses. Il n'est même pas rare d'y
rencontrer un certain nombre de *ces demoiselles*. L'aspect en est ordinairement très
beau. Ils sont luxueux; mais rarement
agréables.

J'ajoute que, dans ces dernières années, ils
ont encore beaucoup perdu de leur attrait.
La mode paraît en être passée, et nous en
avons vu plusieurs qui étaient absolument
lugubres. Le dernier beau bal de cette espèce
a été celui de l'hôtel Continental pour les
inondés de Szegedin.

BALS AMÉRICAINS

Les bals de la colonie américaine ont un
cachet et un charme tout particuliers. Ils
sont, pour la plupart, sans prétentions, très

brillants, très cossus et d'une animation extraordinaire.

Ce qui les distingue surtout de nos bals indigènes c'est qu'à l'encontre de ce qui se passe chez nous, le beau sexe y est représenté presque uniquement par les jeunes filles et personne n'ignore qu'elles sont la séduction et l'entrain personnifiés. Et puis, le mélange des deux races et des deux sociétés, la variété des types, le laisser-aller et le naturel qui règnent dans ce monde-là sont d'un effet on ne peut plus pittoresque et original. Aussi ceux de nos jeunes seigneurs qui sont à la recherche des plaisirs mondains — et... des héritières — se font-ils de plus en plus présenter dans les salons américains.

2.

LES RAOUTS

Depuis que la mode s'est introduite chez nous de passer la plus grande partie de l'hiver à la campagne, comme en Angleterre, le Paris mondain ne prend son véritable essor qu'au printemps, les grandes réceptions ne commencent guère qu'après Pâques et c'est, à présent, au mois de mai, — et non plus, comme autrefois, en janvier et février, — que les salons parisiens battent leur plein.

Nous nous sommes, sous ce rapport et sous bien d'autres, complètement anglicanisés et nous avons une *saison*, ni plus ni moins qu'à Londres. Cet usage, qui s'accentue tous les ans, a ses inconvénients et ses avantages. Assurément, il ne contribue pas à égayer nos hivers, qui deviennent un peu longs et terriblement monotones. Mais, en revanche, il est vraisemblable que la coïnci-

dence du mouvement mondain avec les
courses de Longchamps, le concours hippique, l'exposition de peinture, le passage
des étrangers, le moment le plus brillant du
bois de Boulogne et toutes les incomparables
attractions en plein air que Paris possède
seul au monde, donne aux réceptions, aux
bals, aux dîners, une impulsion, une activité,
une animation et un entrain qu'ils n'auraient
probablement pas sans cela; surtout à une
époque troublée comme la nôtre, où les pas-
sions politiques ne facilitent malheureusement pas les réunions et où le malaise et l'in-
certitude des affaires arrêtent bien des élans.
Et puis, il semble que le printemps soit la
saison par excellence du plaisir et de la joie.
On y éprouve comme un regain de sève et
de vitalité; on s'y sent renaître à l'espé-
rance; on est porté à voir la vie en rose; on
recherche plus volontiers le bruit et les émotions; les femmes sont plus belles, plus élégantes, plus séduisantes dans leurs fraîches
toilettes printanières; le cœur se dilate et
s'épanouit aux premiers rayons de soleil;
on devient plus expansif, plus ardent, plus
enthousiaste, et on se laisse plus facilement

aller à nouer des relations, à ébaucher des *flirts,* qui continueront aux eaux ou aux bains de mer...

Il fut un temps où, pour saisir la physionomie du monde parisien, pour peindre d'une façon exacte et ressemblante les réceptions et les salons de Paris, il eût fallu autant de descriptions que de milieux. Le faubourg Saint-Germain, la Chaussée-d'Antin, la bourgeoisie étaient séparés par des barrières à peu près infranchissables. Ils avaient chacun leur quartier, leurs façons, leurs préjugés, leur aspect et jusqu'à leur langage particuliers. Ce qui s'appliquait à l'une de ces catégories, absolument distinctes, n'était nullement applicable aux autres et il eût été impossible de les confondre, d'en faire un tableau d'ensemble, sans commettre les plus lourdes bévues.

Aujourd'hui, rien de semblable. Le temps, les révolutions, le déplacement et le mouvement des fortunes privées, la mode, le rapprochement forcé entre les différentes classes de la société ont changé tout cela. La vie élégante et mondaine à Paris, — à quelques imperceptibles nuances près, — ne varie pas sensiblement d'une catégorie à une autre. A vrai dire, il n'y a plus de catégories. Ce n'est qu'une question de genre d'existence, d'éducation et de fortune. Pour le surplus, tout est mélangé et les variétés se fondent dans un tout, fort peu homogène il est vrai, que l'on est convenu d'appeler *le monde*. Il n'existe plus, à proprement parler, que des gens élégants et des gens qui ne le sont pas et, parmi les premiers, ceux qui reçoivent et ceux qui ne reçoivent point. Un bal de la haute finance ressemble à s'y méprendre à celui d'une noble douairière de l'aristocratie de naissance et celui-ci ne diffère que très peu d'une réception diplomatique ou de celle d'un grand industriel. Seuls, peut-être, les bals de la colonie américaine ont, à certains égards, un cachet un peu à part et des allures spéciales.

Les différences ne consistent donc, à l'heure actuelle, que dans les espèces et les genres de réceptions. Il y a les *raouts*, ou soirées où l'on ne danse pas, les matinées (*garden-parties*), les bals et les grands dîners. Chacun de ces genres de réunions se subdivise lui-même en plusieurs classes et change complétement de physionomie, de mise en scène et de couleur selon son essence, le caractère et les préférences des maîtres de la maison, la composition et l'étendue de la liste des invités.

RAOUTS SECS

Ainsi nommés parce qu'ils ne sont accompagnés d'aucun hors-d'œuvre, d'aucun accessoire qui leur donne du piquant et de l'intérêt et que, par cela même, ils sont, le plus souvent, d'une sécheresse et d'un ennui mortels. Ces sortes de soirées sont malheureusement les plus habituelles et les plus nombreuses, d'abord parce qu'elles n'exigent presque pas de frais ni de dérangements, ensuite, il faut bien le dire, parce que les jeunes femmes ayant contracté de nos jours la détestable habitude de ne danser que très peu et pour ainsi dire à contre-cœur dès le lendemain de leur mariage, elles préfèrent à toute autre cette façon de se réunir, de briller, de faire assaut de toilette et de séduction sans prolonger par trop la veillée, comme cela arrive inévitablement pour les bals qui ne commencent plus qu'à minuit, et sans être privées de la conversation et des attentions des cavaliers d'un âge mûr, dont l'attrait est bien plus grand pour elles que ne l'imaginent les tout jeunes gens.

Aux raouts secs, on invite généralement toute sa liste, en une ou plusieurs fois. Si l'invitation est faite à jour fixe au commencement de la saison, la division a lieu d'elle-même, car sauf un petit nombre d'habitués et d'intimes, tout le monde ne vient pas le même soir. Ce serait un manquement aux usages et à l'étiquette et une sorte d'indiscrétion. N'importe, étant données l'étendue et la variété des relations de chacun, à notre époque, il y a toujours foule, pour ne pas dire cohue.

Si l'on ajoute à cela que la véritable causerie a presque totalement disparu de nos mœurs, on peut aisément se rendre compte du peu d'animation et du manque de charme des réceptions qui en sont réduites à vivre sur leur propre fonds et dont aucune attraction accessoire ne rompt la monotonie.

En dehors de quelques couples isolés et éparpillés dans les coins, qui eux au moins ne s'ennuient pas tant s'en faut, l'élément masculin de la réunion, parqué en masse d'un côté des appartements, se trouve en face d'un cercle de femmes compact, serré, imposant et solennel au milieu duquel il est presque impossible de pénétrer ; ce qui, entre nous, n'est bien gai ni pour les uns ni pour les autres. On échange des saluts à distance ; et si, d'aventure, quelques intrépides se décident à affronter le danger et à s'introduire dans la forteresse, ils sentent tellement leur isolement, ils sont si gênés, qu'ils ne tardent pas à s'éclipser. C'est froid, c'est guindé, c'est triste, au total. On n'y va que par convenance et on en sort étourdi, se demandant ce qu'on est venu faire dans cette galère et se disant, à part soi, qu'il est quelquefois bien ennuyeux de s'amuser...

Hâtons-nous d'ajouter qu'il est un certain nombre d'exceptions à cette règle générale. Quelques maîtresses de maison, parmi les plus en vue et les plus qualifiées, sont parvenues à donner des raouts secs beaucoup moins insipides que ne le sont d'habitude ces sortes de réunions ; peut-être parce

qu'elles ont eu le talent de s'arranger de façon à restreindre, dans une certaine mesure,
leurs invitations et à établir ainsi, dans leurs
soirées, plus de cohésion, d'intimité, de laisser-aller et de gaieté.

RAOUTS ILLUSTRÉS

J'appelle de ce nom, — faute d'en avoir
trouvé un dans le dictionnaire qui précisât
mieux ma pensée, — les réceptions non dan-
santes auxquelles on ajoute, pour les animer
et les égayer, quelques attractions aussi
courtes et aussi variées que possible, telles
que de la musique de chambre, des morceaux
de déclamation, un acte ou deux de comédie
ou l'audition de l'une des étoiles du moment.
Ce genre de raouts est de beaucoup le plus
amusant et le plus recherché; je dirai même
qu'il est le seul véritablement agréable. Il
tend fort heureusement de plus en plus à
s'implanter dans les habitudes du beau
monde parisien, et, cette année, particulièrement, il a la vogue.

Ne pas le confondre avec les concerts et
les comédies de société, interminables, pré-

tentieux, endormants, qui ont existé de tout temps et qui sont, non plus des intermèdes, des distractions et des diversions plaisantes, mais le but unique et la seule raison d'être d'une réunion. Là, dans une série de rangées de chaises tellement serrées qu'il est impossible de faire un mouvement, on entasse d'habitude trois fois plus de monde que n'en pourrait raisonnablement contenir l'appartement et l'on vous force à avaler, quatre heures durant, les tours de force d'un virtuose plus acrobate que musicien ou cinq actes d'un amateur. Pas moyen de dire un mot, de respirer ni de s'en aller lorsqu'on n'en peut plus. C'est tout simplement mortel.

Dans le raout avec attractions, au contraire, on cause librement, on se place à sa guise, on va et vient selon sa fantaisie comme si de rien n'était ; et, de temps à autre lorsque la conversation commence à languir, lorsque le froid est sur le point de vous gagner, on est émoustillé par une délicieuse voix de femme, une sonate de Beethoven, un petit acte de comédie prestement enlevé ou quelques strophes de Musset. Puis, la récep-

tion reprend son cours jusqu'à un prochain
intermède. Tout trouve sa place et tout est
agréable dans ces soirées où l'attention sou-
tenue et l'enthousiasme de convention ne
sont pas de rigueur, depuis la littérature la
plus grave et les artistes les plus sérieux
jusqu'à la chansonnette de café-concert et
aux solistes de l'Alcazar. Un écueil, pourtant : c'est le monologuiste mondain, qui
imite Coquelin aîné, qui pullule, depuis
quelque temps, dans les salons, qui ne se fait
pas prier et qui, à la longue, est prodigieu-
sement indigeste.

Je n'en finirais pas si j'entreprenais de
citer toutes les maisons élégantes où les
raouts illustrés, inaugurés, tout d'abord, par
les sommités de l'art, de la littérature et de
la presse, — qui ont grandement contribué à en propager le goût, — sont présentement le plus en faveur et brillent d'un
plus vif éclat. Mais, à ne prendre que les
principales, est-il rien de plus charmant
et de plus réussi que les réceptions de la
vicomtesse de Tredern, de la comtesse R.
de Kersaint, sœur de la comtesse Aimery de
Larochefoucauld, de la princesse Bibesco,

de madame Lippmann, de madame Benardaki, de madame Jacques Normand, de la
princesse de Sagan, dans le genre léger et
humoristique, de la princesse Brancovan et
de madame de Blocqueville, dont les lundis
ont une réputation et une vogue bien méritées.

Les raouts littéraires, — à ne pas confondre avec les réunions d'hommes de lettres,
— c'est-à-dire ceux où tous les invités font
profession de bel esprit, se targuent de connaissances littéraires transcendantes, distil-
lent de la quintessence, sont pédants, exclu-
sifs, poseurs et... assommants, ces raouts-là
n'existent plus à Paris qu'en très petit nombre. C'est à peine si, parmi les gens en vue,
on compte trois ou quatre maîtresses de
maison cultivant ce genre de récréation.
M. Pailleron les a photographiées de main
de maître dans « le monde où l'on s'ennuie »
et je me garderai bien d'indiquer leurs noms,
même par des initiales.

MATINÉES

Les matinées sont d'importation britan-
nique. Elles ne sont, au fond, ni dans nos

goûts, ni dans nos habitudes, et nos instal-
lations ne s'y prêtent généralement pas.
Pour organiser une *garden-party*, il faut,
ainsi que le nom anglais l'indique, avoir un
jardin ou, pour le moins, un hôtel spacieux
et confortable, de préférence avec un grand
hall comme dans un château; autrement
c'est odieux. Aussi ne sont-ce que les très
grandes fortunes et les personnes ayant un
train de maison presque princier qui abor-
dent de pareilles réceptions.

Elles commencent quelquefois par un déjeuner. Mais le plus souvent elles se bornent
à un *lunch*, et ont lieu alors plus avant dans
l'après-midi, pour ne finir que vers sept
heures. Toutes d'apparat et de cérémonie,
elles ne sont jamais gaies; trop longues pour
une simple visite, et trop gourmées, trop en
l'air pour un raoût. Les femmes y vont en
toilette de ville et les hommes en redingote,
ce qui, vu nos coutumes et notre tempérament, ne contribue ni à la beauté du coup-
d'œil, ni au charme de la réunion.

C'est surtout depuis que les altesses étrangères ne trouvent plus à Paris une cour
pour les recevoir que, dans certaines de-

meures seigneuriales, on s'est mis à donner des matinées pour leur faire les honneurs de la capitale. Ce système se prête plus facilement que tout autre aux exigences de l'étiquette et plaît à nos hôtes princiers, qui acceptent plus volontiers les invitations.

Au premier rang des personnalités de la société parisienne qui donnent des matinées, il faut placer la princesse de Sagan qui, dans ce merveilleux hôtel Seillière de la rue Saint-Dominique, a vu défiler depuis 1870 un si grand nombre de têtes couronnées et de princes du sang; le baron et la baronne Ad. de Rothschild, M. et madame André, sans parler des ambassades et en particulier de celle de Russie, où tout récemment, le baron de Mohrenheim offrait une splendide réception au Grand-Duc et à la Grande-Duchesse Wladimir.

LES CONCERTS

S'il est un goût qui se soit développé à Paris depuis quelques années, c'est assurément celui de la musique. Il est même curieux de constater qu'il a progressé dans le public en raison directe de la pénurie des chefs-d'œuvre musicaux et que plus les compositeurs de génie deviennent rares chez nous, plus les Parisiens, pris dans leur ensemble, s'engouent d'un art auquel ils passaient jadis pour être, sinon tout à fait rebelles, du moins quelque peu indifférents. Explique qui pourra ce phénomène singulier. Pour moi, je ne me charge pas de l'approfondir et je me borne à le livrer sans commentaires aux méditations des psychologues.

Toujours est-il que le beau monde, qui a une plus grande influence qu'on ne l'imagine sur les plaisirs, les enthousiasmes et les préférences du commun des mortels, a pris l'initiative de cette fièvre, je ne dirai pas de mélodie, le mot serait inexact, mais de symphonie, qui s'est emparée de nous tous, et qu'il en est arrivé, peu à peu, à classer la musique parmi les sports les plus élégants. Paraître insensible aux charmes de Beethoven et de Mozart, voire même à ceux de Wagner, est actuellement très mal porté dans le *high life,* et il n'est pas un pschutteux tenant à sa réputation qui oserait avouer une semblable infirmité. Raffoler de musique est devenu la pose suprême, le dernier mot du chic et du bon ton, et plus on s'extasie sur ce qui est nébuleux, entortillé, incompréhensible, sur ce qui impressionne péniblement l'oreille et ressemble le moins à ce que nous étions accoutumés, nous autres profanes, à considérer comme beau et agréable, plus on passe pour un raffiné et un délicat.

Autrefois, les gens du monde, qui, pour la plupart, ne se piquaient point d'être de grands musiciens, aimaient surtout les opéras. Lorsqu'ils voulaient déguster un peu de bonne musique, ils allaient tout simplement au théâtre et se contentaient bourgeoisement de Meyerbeer, de Rossini ou d'Auber. Leurs aspirations n'allaient pas au-delà. De nos jours, au contraire, le drame lyrique est démodé, délaissé, vieux jeu. C'est la musique de chambre qui triomphe sur toute la ligne. On est bien encore abonné à l'Opéra et à l'Opéra-Comique ; mais il est entendu que l'amour de l'art n'y est pour rien et qu'on n'y va que pour se montrer, pour rencontrer ses amis et pour bavarder.

Et puis, on s'est mis à accorder une importance exagérée aux virtuoses en général et aux virtuoses du chant en particulier. On finit par les placer, sans s'en douter, au dessus des œuvres qu'ils sont chargés d'interpréter. On ne voit plus qu'eux, on ne s'occupe plus que d'eux. On est affolé du désir de les contempler, de les entendre, de les attirer chez soi, de les produire dans son salon, sous n'importe quel prétexte et à n'importe quel prix.

De tout cela, il résulte que les concerts, qui étaient très délaissés par la société et qui n'avaient guère lieu dans les milieux élégants qu'en carême, encore sans grand succès, ont pris une extension relativement

3.

considérable. Le nombre s'en est accru dans des proportions très sensibles et ils ont actuellement une vogue bien surprenante pour qui compare le présent avec le passé. On lance et on accepte maintenant une invitation de ce genre ni plus ni moins que s'il s'agissait d'un bal ou d'un raout, et personne ne songe à s'en étonner.

Toutefois, les concerts mondains ne sont pas tous aussi suivis et aussi courus les uns que les autres. Ils comportent des nuances et des catégories, comme tout le reste. Je ne m'arrêterai qu'aux plus frappantes.

CONCERTS SÉRIEUX

Pour donner un concert sérieux, il faut avoir une grande fortune, des connaissances musicales dépassant pour le moins la médiocrité, un goût éclairé, un appartement bien disposé sous le rapport de l'acoustique, un cercle d'amis suffisamment musiciens pour apprécier et admirer ce qui est vraiment digne de l'être et, en outre, des relations assez étendues et des rapports courtois avec le dessus du panier et des artistes de ¡Paris.

C'est dire que ces concerts-là ne sont pas très nombreux.

Ils consistent, généralement, dans un quatuor irréprochable, composé des instrumentistes les plus en renom et les plus incontestés, non seulement pour leur talent d'exécution, mais encore pour leur science musicale et pour la délicatesse de leur sentiment artistique ; puis, dans quelques morceaux de chant bien choisis dans le répertoire ancien ou dans ce qu'il y a de meilleur dans le nouveau, chantés par une cantatrice de premier ordre. Et c'est tout. Pas de programme trop surchargé, pas de profusion d'artistes ; rien pour la réclame et l'ostentation.

Une centaine d'invités — pas plus — connaisseurs émérites ou amateurs fanatiques. Aucun bruit, aucun éclat de voix, aucune démonstration tapageuse d'admiration. Des conversations discrètes dans les intervalles de l'exécution, des appréciations fines et réservées, un grand recueillement et une parfaite distinction. Malheur à l'intrus, de tempérament récalcitrant aux beautés de l'harmonie, qui se faufilerait imprudemment dans ce cénacle et ne saurait ni se taire à propos, ni applaudir aux bons endroits.

Dans les concerts sérieux, peu ou point de mise en scène. Un éclairage simple et sans éclat, presque une demi-obscurité ; des sièges confortables disposés sans ordre à la convenance de chacun et un service aussi restreint que possible, de façon à ne pas troubler la béatitude des spectateurs. Pas de buffet en permanence, bien entendu, pour éviter les allées et venues ; mais presque toujours un souper plantureux à la fin, auquel sont conviés les exécutants.

Si la maîtresse de la maison a elle-même un vrai talent, comme la vicomtesse de Tré-dern par exemple, elle paie largement de sa personne, et c'est une attraction de plus pour les auditeurs. Les soirées musicales de l'hôtel de la place Vendôme, dont le charme et la renommée vont toujours croissant, en sont la preuve. Je citerai aussi, dans cet ordre d'idées, les réunions plus restreintes, mais, pour le moins, aussi choisies, de madame la comtesse de Beaumont, née Castries, sœur de madame la maréchale de Mac-Mahon, dont le salon est des plus courus et des plus enviés par les dilettantes.

CONCERTS PRÉTENTIEUX

Ceux qui les donnent sont ordinairement des parvenus de la fortune, gonflés de vanité, qui, regardant la musique comme le plus ennuyeux et le plus désagréable des bruits, s'imaginent, néanmoins, qu'ils se doivent à eux-mêmes, qu'ils doivent à leur position sociale de protéger les arts et de *paraître* goûter particulièrement celui qui, ayant présentement le plus de cachet, est le plus apte à leur donner le relief et le prestige mondain, qu'après l'argent, ils ambitionnent par-dessus tout. Pour eux, c'est affaire d'élégance et de considération, rien de plus.

Partant de là, ils commencent par se procurer, à prix d'or, le concours de l'étoile la plus apparente du firmament musical, accompagnée, cela sans dire, du ténor en vedette sur l'affiche du moment. Une fois assurés de cette pièce de résistance, ils l'entourent d'une infinité de hors-d'œuvres, chanteurs, chanteuses, solistes de violon et de violoncelle, sans souci des règles musicales les plus élémentaires, de l'ordonnance du concert ni du choix des partitions. Ils confectionnent un programme à grand fracas, inondé de noms ronflants, et ils convoquent le ban et l'arrière-ban de leurs amis et connaissances.

Trois cents personnes répondent à leur appel. L'hôtel est illuminé a *giorno* ; une armée de valets de pied, en grande livrée, est rangée dans le vestibule ; les rafraîchissements circulent à foison ; on se presse, on se bouscule, on cause tout haut, on est mal assis et... on n'entend pas une note de ce que jouent ou chantent les malheureux artistes qui continuent à s'escrimer en pure perte. N'importe, on applaudit à tort et à travers, et, le lendemain, les gazettes à sensation célèbrent les louanges des Mécènes et de leur fête. Ils n'en demandent pas davantage.

On raconte, à propos de ces sortes de concerts, une anecdote assez plaisante. Il paraît que l'autre hiver, un artiste des plus en vue, exaspéré du rôle ingrat que lui avait fait jouer, quelque temps auparavant, un archi-millionnaire très répandu, résolut de s'en venger. Un soir de grandissime réunion philharmonique, il introduisit dans les salons du richard en question un coffre dans lequel il avait enfermé neuf chats d'âges différents et, par conséquent, de voix plus ou moins fortes. Leurs queues assujetties par des cordes dans des tuyaux, répondaient à de petites pointes posées sur les touches d'un clavier, en sorte que chaque vibration de touche piquait la queue d'un de ces animaux et le faisait crier... On juge de l'effarement de l'assistance, du désarroi qui s'en suivit et de la colère du maître de la maison, lorsqu'à l'instant le plus pathétique, les accords extravagants de ce bizarre instrument se **mirent** tout à coup à résonner !

CONCERTS ÉLÉGANTS

N'en organise pas qui veut, des **concerts** vraiment élégants. Il faut, pour cela, être, à la fois, une maîtresse de maison incomparable et une femme distinguée et intelligente, aimant la musique dans une juste mesure et ayant un sens artistique très prononcé.

Il faut avoir un bel hôtel , un train princier, une réputation d'élégance, d'esprit et de bon goût bien établie et des relations sociales assez variées pour pouvoir mélanger agréablement les fanatiques de musique avec ceux qui le sont moins, mais qui forment un cadre excellent, un accessoire précieux. Il faut être madame Edouard André, madame Gaston Ménier ou la baronne Adolphe de Rothschild.

Ce qui distingue les concerts élégants des concerts sérieux, c'est que la musique n'en est pas le but unique. Elle y domine, sans doute, elle y occupe une grande partie de la soirée ; mais elle n'en bannit pas la conversation ni le flirt. Ce sont des réunions charmantes, moitié raouts, moitié concerts, où l'esprit et la causerie ont leur large part, et qui donnent ample satisfaction aux musicolâtres les plus convaincus et les plus difficiles sans imposer une trop forte dose de sons harmonieux au tympan des autres.

Deux ou trois symphonies classiques exécutées par des musiciens du Conservatoire et habilement coupées par un ou deux grands airs, pas trop savants, pas trop Wagnériens,

d'une diva plus ou moins célèbre, tel est le
résumé du programme. Le reste du temps
on jabote, on circule, si on en a envie, on
retrouve les personnes de son intimité, on se
place à sa guise et l'on a tout ensemble le
plaisir des yeux et celui des oreilles. En
somme, une bonne soirée pour tout le monde
et, pour quelques-uns, un plaisir de sybarite.

LES GRANDS DINERS

Les bals étant devenus relativement rares, la mode des grands dîners, presque toujours suivis de raouts, s'est propagée d'une façon très sensible, et je crois bien qu'à l'heure présente, c'est le genre de réunion le plus fréquent, le plus couru et le plus apprécié par le *high-life*.

En tout cas, c'est celui qui dure le plus longtemps. On donne des dîners du 1er décembre au lendemain du Grand-Prix et Paris est déjà en pleine saison d'invitations de cette espèce, alors qu'il n'est encore nullement question, et qu'il ne sera pas question avant longtemps, de fêtes ayant un caractère plus solennel et des proportions plus étendues.

Rien de surprenant, d'ailleurs, dans les préférences accordées, depuis quelques années, par le monde élégant, au plaisir de grouper autour d'une table bien servie le dessus du panier de ses relations. Ce n'est, au bout du compte, qu'un retour intelligent vers le passé. Nos pères, qui étaient d'assez bons vivants, allaient, à cet égard, beaucoup plus loin que nous-mêmes et donnaient aux repas une importance et une durée poussées jusqu'à l'exagération. Puis les modifications apportées dans la manière de vivre, dans l'heure du dîner et du commencement de la soirée, les habitudes anglaises introduites — en partie seulement — chez nous, bouleversèrent peu à peu les vieilles coutumes et, sous prétexte que l'expansion immodérée du luxe et du clinquant rendait très difficiles les dîners priés, on en était arrivé à les négliger plus que de raison.

Mais un beau jour, on s'aperçut que, précisément à cause des mœurs nouvelles, c'était encore là le moyen non seulement le plus agréable, mais le plus sûr d'attirer le monde chez soi, de se retrouver et de se voir ; et la vogue revint aux dîners.

Nul doute, en effet, que l'heure par trop tardive où commencent, de nos jours, les

plus modestes raouts, n'en éloigne une bonne
partie des hommes occupés, qui, par état ou
par hygiène, sont dans l'impossibilité de
veiller outre mesure. Voilà déjà un élément
de moins — et non le moins important et le
moins recherché à coup sûr. Les désœuvrés
eux-mêmes, chaque jour plus clairsemés, à
notre époque, pour des raisons d'un autre
ordre, ne trouvent pas la chose très gaie et
souvent ne montrent pas plus d'empresse-
ment. Le temps qui s'écoule entre la fin du
dîner et le moment d'aller dans le monde est
véritablement par trop long. Il y a de quoi
refroidir tous les enthousiasmes ! Pour les
femmes, cela peut aller à la rigueur ; elles
sont occupées par leur toilette. Mais imagine-
t-on ce que peut faire, entre huit heures et
demie et onze heures, un malheureux homme,
qui a dîné tranquillement à son club ? Il
baille, il s'ennuie, il compte les instants, il se
livre à des réflexions philosophiques, il rentre
chez lui, de fort mauvaise humeur, pour s'ha-
biller, et... deux fois sur quatre, il se couche
prosaïquement.

En invitant les gens à dîner, au contraire,
on a les plus récalcitrants et les plus absor-

bés. Seuls quelques misanthropes grincheux, qui ont un mauvais estomac, refusent systématiquement de manger hors de chez eux ; et il n'y a pas à les regretter. On peut choisir ses convives ; il suffit, pour cela, de s'y prendre à temps. On a, dans la soirée, les invités du dîner précédent, qui viennent de bonne heure, en *cure-dents*, pour faire leur visite de digestion, et on se trouve ainsi avoir un charmant raout tout organisé, sans cette période d'attente et de désœuvrement, toujours si froide et si critique pour des maîtres de maison.

Tous les grands dîners, cependant, n'ont ni la même physionomie ni le même attrait. Il en est de ces réceptions parisiennes comme de toutes les autres. Elles se subdivisent en plusieurs catégories qui présentent chacune un caractère spécial et des nuances très particulières.

DINERS GRANDIOSES

Pour donner des dîners grandioses, il faut avoir au moins trois cent mille livres de rente, un hôtel somptueux entre cour et jar-

din, une situation sociable indiscutable et
indiscutée, des relations à la fois très étendues et très brillantes, un cuisinier de premier ordre, un maître d'hôtel qui soit une
sommité dans son art, cinq ou six valets de
chambre admirablement stylés pour le se-
conder et assez de valets de pied, en livrée
irréprochable, pour pouvoir en placer un der-
rière chaque convive.

Il faut avoir un service complet de vais-
selle plate pour les plats chauds, un autre de
Japon ou de Saxe pour les plats froids et un
de Sèvres pour le dessert ; une cave exquise
et une argenterie magnifique. Il faut être le
duc de Doudeauville, la princesse de Sagan,
le baron de Rothschild ou M. Edouard André.

Les dîners grandioses se composent de
trente à cinquante couverts. Les invitations
doivent être lancées au moins quinze jours à
l'avance. La table est ornée au milieu d'un
grand surtout en argenterie et d'une profusion
de fleurs jonchées sur la nappe avec des guir-
landes courant partout. Elle est éclairée par
des candélabres et des bougies, jamais par un
lustre ou une suspension quelconque. C'est
démodé et bourgeois. Un grand dîner offert

récemment dans une maison des plus huppées du brillant monde à cinquante-cinq privilégiés était illuminé par six cents bougies !

Dans un dîner grandiose, il ne doit jamais y avoir la moindre interruption, la moindre hésitation, ni le plus léger craquement dans le service. Tout doit se faire sans effort, naturellement, facilement, comme s'il s'agissait de la chose la plus simple et la plus habituelle du monde, et, bien entendu, sans l'intervention, pendant le repas, de la maîtresse de la maison. Le menu doit être copieux, recherché, complet, sans être trop chargé ni trop compliqué. Quant aux places des convives, c'est une règle absolue de concilier, autant que possible, les exigences de l'étiquette avec les convenances personnelles de chacun, ce qui n'est pas toujours facile. Ne pas mettre, par exemple, l'une à côté de l'autre des personnes qui sont brouillées à mort depuis six mois ; ne pas vouer un paquet à un homme d'esprit, une vertu farouche à un jeune viveur entreprenant, une beauté aimant le flirt à un vieux savant légèrement endormi et radoteur, sont des conditions absolument obligatoires.

Tout cela réuni ne se rencontre pas fréquemment. Aussi les dîners grandioses sont-
ils à l'état d'exception. Il faut reconnaître,
du reste, que, malgré ce qu'ils ont d'éblouissant et d'attrayant, ils sont, en général,
beaucoup plus une affaire de chic et d'ostentation qu'un véritable amusement.

DINERS PRÉTENTIEUX

Ceux qui les donnent sont, pour la plupart,
des personnages tourmentés par la passion
de l'élégance et du bel air, pourvus d'une fortune relativement considérable, mais n'ayant
ni une position, ni une notoriété, ni des relations suffisantes pour attirer chez eux autrement que par l'appât d'une chère superlativement raffinée les premiers rôles de la haute
vie, à l'intimité desquels ils aspirent avec
un esprit de suite digne d'une meilleure
cause.

Ces dîners-là sont ennuyeux et guindés.
Douze heureux mortels, au plus, sont conviés
à chacun d'eux. Le menu est scientifique,
alambiqué, quintessencié ; il a été étudié avec
soin des jours entiers, et pas une faute contre

l'art culinaire ne s'y est glissée. La table est encombrée d'une infinité d'objets et d'accessoires de toutes les formes et de toutes les dimensions à la mode anglaise, parfaitement incommodes, mais étant, à ce qu'on assure, le dernier cri du *pschutt* et du bon ton. Le service est d'une correction méticuleuse et d'une allure, en apparence, sans égale ; mais, au fond, imparfait et clochant par toutes sortes de détails. Les invités, choisis sur une liste très étudiée, non pour le charme de leur esprit et les agréments de leur personne, mais pour le prestige mondain dont ils sont entourés et le relief que leur présence donnera à la réunion, sont raides, froids et monotones. Ils viennent par curiosité, par désœuvrement, par gourmandise, et s'en vont le plus tôt possible, en faisant des gorges chaudes sur le *snobisme* de leurs hôtes. Bref, on pose, on s'assomme, on assomme les autres ; mais on se croit élégant, on fera parler de soi dans les coteries en renom, et cela suffit.

Pour donner des dîners prétentieux, il faut s'occuper de cette grande affaire d'un bout à l'autre de la saison ; y consacrer tout son

4

temps, toute sa finesse, toute son activité ;
y sacrifier son repos, son bien-être, son confortable, son indépendance. C'est une véritable profession et l'on est, dans ce cas,
maître ou maîtresse de maison comme on est
ébéniste ou banquier...

Il y a, dans Paris, quatre ou cinq intérieurs
très en vue, qui sont parvenus, dans cette
spécialité, à une grande réputation. Je n'au-
rais garde de les nommer. Mais bon nombre
de lecteurs se souviendront sans doute
de la mystification colossale et d'un goût
très douteux, j'en conviens, infligée il y
a quelques années par quelque mauvais
plaisant à l'un des amphitryons professionnels les plus convaincus. Un matin, on
avait lancé dans la ville, au nom de cet in-
fortuné, cinq cents invitations (excusez du
peu !) fantaisistes et hétéroclites, allant de
M. le duc de Broglie et du nonce du pape à
M. Clémenceau et à M. Henri Rochefort. Les
réponses, les acceptations, les refus, les demandes d'explications, pleuvaient dru comme
grêle à l'hôtel en question. Vous vous imagi-
nez la stupéfaction, la douleur, l'indignation
de l'objet de cette sinistre plaisanterie !... On

prétend qu'il ne s'en est jamais remis et que,
du coup, il a fermé sa salle à manger. On la
fermerait à moins.

DINERS ÉLÉGANTS

Huit convives au moins, quinze au plus,
pris parmi des amis, intimes ou non, mais
se connaissant, se convenant, et ayant du
plaisir à se trouver ensemble. Deux ou
trois femmes jolies, aimables et spirituelles.
De temps à autre un fin lettré, un poète
de talent, qui, suivant une expression con-
sacrée, joue le rôle d'ananas.

Dans un dîner élégant, le menu est exquis,
irréprochable dans sa composition, mais
simple et surtout court. La table est ornée
et éclairée selon toutes les règles du plus
scrupuleux savoir-vivre et de la plus parfaite
distinction, mais avec sobriété et méthode.
Les vins — c'est de rigueur — doivent être
de premier choix. Le personnel de service
tiré à quatre épingles, dans une tenue à la
fois correcte et sans prétentions, ni trop
nombreux ni parcimonieux, suffisant pour

la commodité des convives, assez restreint et assez discret pour ne pas les gêner.

Pour ce qui est de la conversation, le mieux est que les maîtres de la maison tâchent franchement de s'amuser et provoquent l'entrain et l'animation générales par une gaieté de bon aloi.

Ne donne pas des dîners élégants qui veut. Il faut, pour cela, outre la fortune et la situation, du tact, des traditions d'élégance, des façons aristocratiques, une grande habitude du monde, un esprit au-dessus de la moyenne et un discernement tout particulier dans le choix des invitations. Ceux qui aspirent à la perfection dans ce genre d'hospitalité, la plus délicate et la plus prisée de toutes, feront bien de méditer cette maxime de Brillat-Savarin : « Convier quelqu'un, c'est se charger de son bonheur pendant tout le temps qu'il est sous votre toit. »

DINERS POLITIQUES

Les dîners politiques sont un mélange de dîners grandioses et de dîners prétentieux qui n'a rien d'affriolant. Trop nombreux, trop bariolés et trop pédants pour être agréables, ils ne sont ordinairement que bruyants et tournent souvent au banquet. La pierre d'achoppement de ces agapes, c'est le règlement de l'ordre des préséances. Il en résulte presque toujours des réclamations et des criailleries posthumes qui seraient bien réjouissantes si elles n'étaient parfois très sottes.

SOIRÉES POLITIQUES

De nos jours, il n'y a plus à Paris ce qu'on appelait autrefois des salons. Il existe encore, heureusement, des gens qui reçoivent, qui donnent des fêtes, des raouts, et qui déploient, dans leurs réceptions, un très grand art et une très grande amabilité. Mais ils n'ont pas, pour cela, un salon dans la véritable acception du mot ; c'est-à-dire un noyau du meme milieu se réunissant habituellement dans un centre mondain, se groupant autour d'une maîtresse de maison de leur choix, sans invitation, sans préparation, pour causer, pour échanger leurs idées, pour le plaisir de se rencontrer, sans autre préoccupation que le goût du commerce intellectuel et de la galanterie. La vie à outrance, qui nous vient d'Amérique, et le *snobisme*, qui nous vient de moins loin, ont tué tout cela...

Il va de soi que les salons politiques, si
en honneur sous la Restauration et jusque
sous la Monarchie de Juillet, ont disparu
comme les autres, je dirai même avant les
autres ; car les deux derniers dignes de ce
nom, celui de la duchesse douairière de
Doudeauville et celui de la duchesse Pozzo,
qui brillaient encore d'un vif éclat il y a à
peine quelques années, n'étaient pas, à proprement parler, des salons politiques, et si,
pour y être admis, il fallait, jusqu'à un certain degré, montrer patte blanche et avoir
une réputation immaculée d'homme *bien
pensant*, c'était plutôt au point de vue du
prestige social qu'autre chose ; la politique,
en elle-même, n'était ni le but ni le prétexte
de ces élégantes réunions.

Mais, à défaut de *salons* de ce genre, il
nous reste encore des soirées organisées
exclusivement en vue de réunir et de rapprocher des personnalités du monde politique
appartenant au même groupe ; quelquefois
aussi de faire se rencontrer sur un terrain
neutre et de fusionner des éléments de
nuances disparates. Sans parler de celles de
madame Adam qui, après avoir joué, du

temps de Gambetta, un rôle important, sont devenues plus littéraires et plus éclectiques, les soirées politiques sont même, en ce moment, en aussi grand nombre et aussi à la mode qu'en aucun temps. Il en surgit dans tous les coins; on en voit de toutes les espèces et de toutes les couleurs, et jamais, peut-être, elles n'ont offert, pour le philosophe et pour l'observateur indifférent, un aspect aussi varié et aussi curieux.

DOCTRINAIRES

C'est le vieux jeu, l'ancien système. Un personnage ayant occupé une situation élevée dans le gouvernement et ayant, soit par sa naissance, soit par son illustration — quelquefois par les deux — un rang distingué dans la société, ouvre ses appartements, à jours fixes, à la fine fleur des ténors politiques, ministériels ou parlementaires, que les événements ont relégués dans l'opposition et qui, par conséquent, sont des mécontents, — sans cependant, être des révoltés.

Le nombre en est nécessairement res-

treint, l'espèce choisie, mais légèrement
vieillotte dans son ensemble. C'est une collection très brillante, très imposante, mais
assez monotone, de vieilles perruques autour
desquelles voltigent, visiblement intimidés
et embarrassés, quelques écrivains surannés
et poncifs des *Revues* les plus solennelles et
un certain nombre d'aspirants à la grande
politique mûris et desséchés avant l'âge;
jeunes vieillards pénétrés jusqu'aux moelles
de respect pour les anciennes traditions et
de considération pour ceux qui en sont les
représentants.

Aussi il faut voir avec quelle componction
béate tout ce petit monde écoute les apho-
rismes et les sentences que daignent laisser
tomber de leurs lèvres augustes les pontifes
de la réunion. On entendrait voler une
mouche. Peu d'animation et d'entrain, du
reste. Des conversations discrètes sur un
ton très bas et marquées au coin de la plus
exquise distinction; de l'esprit, beaucoup
d'esprit, et, parfois, sans avoir l'air d'y
toucher, des mots à l'emporte-pièce qui font
le tour des salons de Paris. C'est dans une
de ces soirées, au milieu de l'hilarité générale,

qu'un diplomate bien connu appelait le bou-
langisme : *le* DÉGOUT COLLECTEUR.....

Les femmes, cela va sans dire, sont là
en petit nombre. Quelques amies de la
maîtresse de la maison, d'un âge mûr,
et trois ou quatre beautés posant pour le
sérieux, le goût et la compréhension judi-
cieuse des choses de l'intelligence. Elles
accaparent les fortes têtes, se mettent en
frais de coquetterie pour les retenir, ne crai-
gnent pas d'aborder les sujets les plus ardus
et les plus ingrats et toisent du haut de leur
grandeur le menu fretin, qui, d'ailleurs,
n'est point en veine de galanterie.

La mise en scène est des plus simples et
des plus modestes. Un éclairage rudimentaire ; une tasse de thé additionnée de
quelques gâteaux secs pour tout rafraîchis-
sement, une domesticité réduite à sa plus
simple expression, voilà tout. L'attraction
consiste tout entière dans la qualité des invités et dans le désir qu'ils ont de se rencontrer. Sans compter que, pour bien des
gens, il est agréable et utile de pouvoir dire
que l'on a assisté la veille à la soirée de M. un
tel, en compagnie de MM. Y. Z. ou ***. Les

coulisses du monde politique sont remplies de seigneurs sans importance pour qui cela est ni plus ni moins qu'une véritable position sociale.

Pour donner ces sortes de soirées politiques, il faut avoir un hôtel spacieux et une clientèle à la fois nombreuse et distinguée, comme M. le duc de Broglie, ou un appartement modeste, mais une situation particulière, doublée d'autant d'esprit que de talent, et une affabilité proverbiale, comme M. Jules Simon.

MILITANTES

Les soirées politiques militantes sont particulièrement à la mode cette année-ci. On devine pourquoi.

Tout ce qu'il y a d'actif, d'intelligent, de remuant, de· déçu, d'ambitieux, dans les différentes fractions de l'opposition, s'y donne rendez-vous, sans distinction de drapeau, de parti ou de catégorie sociale. L'élément féminin en est impitoyablement banni. Seule la maîtresse de la maison, debout à l'entrée, reçoit les invités — j'allais dire les conjurés, que, pour la plupart, elle connaît à peine de vue, fait à chacun son plus gracieux sourire et s'efforce de dire quelques mots bien sentis à ceux dont le nom est le plus retentissant.

Le décor est splendide. Les vastes appartements, merveilleusement disposés et meublés avec luxe, sont étincelants de lumières. Le buffet, dressé en permanence dans la salle à manger, est digne des bals les plus brillants. Beaucoup de monde, presque trop. Mais, dans ce cadre éclatant, un peu de monotonie et de tristesse, malgré tout, à cause de l'absence du beau sexe et de l'accumulation disgracieuse des habits noirs. Néanmoins, comme correctif, une orgie de décorations, de brochettes et de plaques. On dirait que certaines personnes attendaient depuis longtemps cette occasion pour sortir toute leur *ferblanterie*. Les étrangers — et il y en a beaucoup — se distinguent surtout par le nombre, la variété et l'originalité de leurs ordres. L'autre soir, un Américain attirait tous les regards par un crachat éblouissant et d'une forme très artistique. Chacun se demandait ce que pouvait bien être ce

bijou d'aspect aussi bizarre. Enfin, l'amphi-
tryon, qui se pique de connaître toutes les
décorations d'Europe, ne put se contenir et,
ayant interrogé le Yankee sur la provenance
de la distinction honorifique qui constellait
sa poitrine républicaine, il en reçut cette
réponse épique, débitée avec un imperturbable sang-froid : *It is my own composition*
(c'est ma propre composition)...

Le clou des soirées politiques militantes,
était naguère le général Boulanger. Il trônait
en vedette dans le salon principal, debout,
entouré à distance respectueuse d'un cercle
de curieux ou de flatteurs, comme un souverain. Chaque personnage du groupe s'avan-
çait à son tour pour lui être présenté ou pour
l'entretenir quelques instants. Pendant qu'il
causait avec cet heureux mortel, personne
n'approchait ; on respectait le tête-à-tête et
l'on attendait patiemment la fin de la conversation...

Rien de plus curieux que ce kaléidoscope
où passent et repassent toutes les individualités parisiennes qui ont touché plus ou moins
à la politique sous les régimes passés ou qui
occupent une place marquante parmi les op-

posants ou les indépendants du Parlement actuel, depuis M. le baron de Mackau jusqu'à M. Naquet et à M. Andrieux; depuis les anciens préfets de l'empire et du 16 mai jusqu'aux députés radicaux des Bouches-du-Rhône. Bref, il y a de tout, sauf des amis du gouvernement actuel. Et tout ce monde bavarde, s'agite, se mêle et vit en très bonne intelligence.

Il ne faudrait pas croire, pourtant, qu'il soit facile d'organiser et de mener à bien une semblable réunion. Il est indispensable, pour cela, en dehors d'une fortune rondelette et d'un train de maison convenable, d'avoir une importance politique indiscutable, énormément de relations et assez d'indépendance, assez de liant dans le caractère, pour ne s'être fait que très peu d'ennemis, même parmi ses adversaires, et pour pouvoir réunir autour de soi, par sympathie personnelle, des hommes politiques qui, sans cela, éprouveraient quelque difficulté à se rapprocher. M. Dugué de la Fauconnerie, dont les raouts de quinzaine sont très suivis, est certainement un de ceux qui ont le plus complètement réussi à résoudre le problème.

FANTAISISTES

Celles-ci avaient, comme les militantes, le général Boulanger pour pivot et pour attraction. Seulement, elles n'ont pas lieu chez des personnages politiques, mais chez des personnes du monde, faisant de la politique par occasion et par chic.

Le maître et la maîtresse de la maison sont des amis du brav' général, ou bien ils ont fait récemment sa connaissance pour se donner l'air d'être dans le mouvement et pour avoir la satisfaction de le produire. C'est très bien porté.

On invite tout ce que l'on connaît de plus élégant parmi les mondains et les mondaines en vogue, en ayant soin de récolter autant de jeunes et jolies femmes que possible — ce qui n'est pas très compliqué, car elles sont presque toutes curieuses de Le voir — et l'on ajoute à cela, outre les amis personnels de M. Boulanger, un certain nombre de politiciens très accentués, de princes en disponibilité, d'étrangers de distinction, de rastaquouères et d'agités de toute provenance. Il importe que l'exhibition soit aussi publique et retentissante que faire se peut.

Si bien qu'il en résulte la chose la plus disparate, mais en même temps la plus amusante et la plus gaie qui se puisse imaginer. Il y a dans ces soirées, d'un aspect très élégant et très pittoresque, ma foi, une série d'oppositions et de contrastes qui sont des plus singuliers et des plus instructifs à observer. On m'a assuré qu'à l'une d'elles — et non des moins courues — on avait vu M. Henri Rochefort causer familièrement avec le fils du prince Charles Bonaparte (celui qui a tué Victor Noir) et qu'ils paraissaient les meilleurs amis du monde. Les Bourbons de Naples y coudoient les secrétaires de l'Ambassade d'Italie et M. Clémenceau y débite des madrigaux à une marquise du noble faubourg, légitimiste intransigeante, qui le trouve charmant et plein d'esprit...

De telles soirées sont à la portée de bien peu de gens. Elles exigent un mélange de qualités et de défauts, d'avantages et de lacunes qui ne se rencontrent pas souvent dans la proportion voulue. Je doute, au surplus, qu'elles entrent dans nos mœurs, et

j'imagine qu'elles disparaîtront avec le prétexte qui les a fait naître. Mais si, du moins,
elles pouvaient servir à nous rendre un peu
plus éclectiques et plus tolérants pour les
opinions d'autrui, elles n'auraient peut-être
pas été complètement inutiles.

LES FÊTES DE CHARITÉ

LES FÊTES DE CHARITÉ

Les fêtes de charité ont existé de tout temps à Paris, et ce n'est pas d'aujourd'hui que date l'idée aussi ingénieuse que fertile en résultats, de solliciter les aumônes des gens du monde par l'appât du plaisir. Mais, depuis quelques années, ce genre d'attractions, éminemment utile dans le fond s'il laisse souvent à désirer dans la forme et dans les moyens d'organisation, est particulièrement à l'ordre du jour. On en use à tout propos et même on en abuse, sans se rendre compte, peut-être, que nul n'est plus changeant dans ses goûts, plus mobile dans ses préférences et ses engouements, que la société parisienne, et que les choses qui l'amu-

sent et la captivent le plus, poussées trop
loin ou continuées trop longtemps, finissent
par la lasser et par être complètement aban-
données.

C'est l'histoire de toutes les modes passées,
présentes et futures, que le caprice et la fantaisie seuls établissent et qui disparaissent
de la même manière.

Il faut y prendre garde.

En réalité, les fêtes de bienfaisance ne
sont que des quêtes déguisées. L'excès vraiment intolérable de ces dernières, qui a été
et qui est encore poussé si loin, que des
femmes de la meilleure compagnie, haut pla-
cées même, quêtent journellement des messieurs qu'elles ne connaissent ni ne désirent
connaître en aucune façon et dont elles ont
pointé les noms et les adresses sur les an-
nuaires des clubs, cet excès, dis-je, a amené
une réaction, et la charité mondaine a dû
prendre de plus en plus des voies détournées et indirectes pour arriver à ses fins.

Les hommes, harcelés par des demandes
incessantes et tellement nombreuses qu'il
aurait fallu être archi-millionnaire pour y
satisfaire, ont cessé de répondre à celles qui

leur étaient adressées par des personnes en dehors de leurs relations habituelles, ou ils ont pris le parti de répartir leurs aumônes entre toutes les solliciteuses et de n'envoyer à chacune qu'une somme insignifiante. Un grand nombre de femmes, d'autre part, parmi les plus influentes et les mieux posées ont éprouvé des scrupules et du découragement ; elles se sont fatiguées d'expédier constamment des centaines de lettres ou de circulaires pour n'aboutir qu'à des succès incomplets, à des déceptions, parfois aussi à des affronts ; elle se sont décidées peu à peu à restreindre leurs listes, à espacer leurs appels, à modérer leurs élans. Et, comme leur zèle pour le bien — constatons-le à leur honneur — était infatigable, comme il importait, avant tout, que le droit des pauvres fût sauvegardé, elles ont pris un biais ; elles ont tendu à la vanité masculine un piège dans lequel elle s'est empressée de tomber et elles ont concentré toute leur activité, tout leur savoir-faire, toute leur coquetterie et tout l'attrait de leurs charmes sur un artifice qui a la vertu indiscutable de délier les cordons de la bourse de l'Harpagon le plus récalcitrant. C'est assez dire qu'elles ont réussi.

Pour en revenir aux quêtes et à l'extension démesurée et inquiétante qu'elles avaient prise à un certain moment, sait-on que le sexe laid lui-même s'était avisé de s'en mêler et que quelques jeunes seigneurs, touchés par la grâce et remplis d'une ardeur, louable sans doute, mais un peu exagérée, faisaient une concurrence déloyale à ces dames ? Ils ne craignaient pas de les solliciter, à leur tour, en faveur de telle ou telle œuvre dont ils étaient les patrons attitrés, et ils y allaient de leur petite lettre autographe ni plus ni moins que les douairières du meilleur crû...

J'ai entendu raconter, à ce propos, une bien jolie anecdote, dont je ne garantis pas l'absolue authenticité, mais qui m'a parue amusante et que je vous donne pour ce qu'elle vaut.

L'hiver dernier, un des plus en vue parmi les pontifes de la charité épistolaire et des plus connus pour son incurable manie de puiser sans désemparer dans la bourse de ses amies, voulant inviter l'une d'elles à dîner, lui décoche, à cet effet, un poulet des plus galamment tournés. La dame, en apercevant l'écriture de la suscription, qu'elle reconnait aussitôt pour l'avoir vue trop souvent, jette l'épître au panier sans l'ouvrir, et s'écrie :

— Voilà encore cet animal de X... qui me quête ! C'est insupportable à la fin !...

Puis elle prend dix francs dans son tiroir, les met délicatement sous enveloppe et, exaspérée, les envoie incontinent à l'importun.

On s'imagine la stupéfaction et le désappointement de celui-ci lorsque, au lieu de la réponse à son invitation, il reçoit la fatale pistole... Courir chez son amie, lui expliquer le malentendu, recueillir l'explosion de ses regrets et de sa confusion, fut l'affaire d'un instant. Mais le coup était porté et le quêteur endurci, à ce qu'on assure, à tout jamais corrigé.

Comment s'étonner, après cela, du discrédit de la quête sèche et de la vogue des fêtes de charité ? D'autant plus que ces dernières varient, pour ainsi dire, à l'infini, et prennent tour à tour les formes les plus engageantes, telles que les représentations théâtrales, les concerts, les ventes, les bals, les kermesses, etc... C'est à qui inventera du nouveau et de l'inédit.

REPRÉSENTATIONS THÉATRALES
CONCERTS

C'est le sublime du genre, le dernier murmure (on ne dit plus le dernier cri) du chic et du bon ton ; le truc le mieux combiné, le plus perfectionné et le plus productif qui ait jamais été imaginé pour attirer l'argent du brillant monde.

Rien de plus amusant, de plus gai, de plus animé, que ces sortes de réunions, nombreuses en même temps que choisies, où presque tous les spectateurs se connaissent et appartiennent au même monde ; où les plus jolies femmes de Paris et les plus qualifiées rivalisent de luxe et d'élégance ; où l'on savoure, tout à la fois, les émotions d'un spectacle choisi et les agréments d'un salon trié sur le volet. C'est quelque chose comme une soirée des *Italiens*, au temps heureux de la salle Ventadour, déjà si éloigné de nous qu'en y songeant on croit rêver... Le malheur est que ces fêtes-là ne sont à la portée ni de toutes les œuvres, ni de tous les milieux.

Pour parvenir à les organiser, il est indispensable, d'abord, d'avoir une grande situation et une clientèle mondaine hors de pair, aussi étendue qu'indiscutable ; il faut être le prince d'Arenberg, la duchesse de Doudeauville ou la comtesse Greffulhe.

Il faut, ensuite, avoir à sa disposition un organisateur émérite, un auteur de talent, des artistes aimés du public et des journalistes de bonne volonté.

Il faut, enfin, être dans les bonnes grâces d'un directeur de théâtre qui consente à vous prêter un local, ou en posséder un soi-même assez vaste, assez beau et assez commode pour remplir toutes les conditions voulues.

Les représentations théâtrales de bienfaisance n'ont de succès que si le programme en est heureux et alléchant. C'est encore là un point important.

Les revues et les opérettes, coupées de quelques morceaux de chant exécutés par des étoiles féminines très en vue, ou par le ténor à sensation du jour, sont, présentement, ce qu'il y a de plus habituel et de préféré.

On a complètement renoncé à la comédie et
au drame, qui ont eu leur heure de prospérité, mais qui sont aujourd'hui vieillis et
démodés.

Qui ne se souvient de la magnifique représentation montée, il y a bientôt deux ans, à
l'Opéra-Comique, par le prince d'Arenberg
et le prince de Sagan, et où la désopilante
revue du marquis de Massa avait attiré tout
ce que Paris renferme de distingué par l'esprit, la naissance, l'élégance et la fortune ?
C'est une soirée qui marquera dans les annales du *high life* et de la charité parisienne,
et il me semble difficile d'imaginer quelque
chose de plus complet ni de plus réussi.

Hélas ! ce devait être le dernier triomphe
de ce pauvre Opéra-Comique, dévoré peu de
temps après par les flammes !...

Quant aux concerts proprement dits, ils
sont moins recherchés par la coterie en renom et par les premiers rôles de la haute
vie. Le programme en est fantaisiste et varié,
suivant les circonstances ; l'assistance éclec-
tique est mêlée. Ils sont, en général, moins
éclatants, moins courus, moins lucratifs, que
les représentations, mais en revanche beau-

coup plus fréquents, et, dans leur ensemble,
par conséquent, tout aussi utiles. On en
donne un peu partout, au Grand-Hôtel, à
l'Hôtel-Continental, à la salle Erard et, dans
les grandes occasions, au palais du Troca-
déro, où ils sont incomparablement plus
grandioses et plus beaux que partout ailleurs.

VENTES ÉLÉGANTES

Les ventes de charité se divisent en deux
catégories. Elles sont élégantes ou banales.
Les premières sont de véritables fêtes, des
sortes de matinées où l'on se donne rendez-
vous, où l'on flirte à qui mieux mieux et où le
sexe prétendu faible déploie dans toute leur
force les ressources de son influence et la
séduction qui est en lui. C'est une chasse à
l'homme préparée dans toutes les règles,
faite avec préméditation et acharnement et
qui, n'était le but qu'elle se propose, aurait
un caractère d'une convenance douteuse et
d'un savoir-vivre plus que suspect.

Agencer sa boutique ou son comptoir, y
accumuler le plus possible d'objets précieux

et amusants, l'arranger avec goût, originalité et coquetterie, de façon à attirer l'attention et à forcer le regard, est la première
préoccupation de toute vendeuse jeune, jolie
et séduisante — dans ces ventes-là on n'en
voit guère d'autres — qui tient à sa réputation et à son prestige.

Composer sa toilette avec un soin minu-
tieux, disposer sa coiffure, calculer ses effets, s'armer pour le combat et s'assurer du
bon état de ses armes est la seconde.

Ce premier pas franchi, avec le concours
empressé, cela va sans dire, des attentifs
attelés à son char, chacune de ces dames,
qui a eu soin de lancer à l'avance des invitations on ne peut plus pressantes et nuan-
cées selon les personnes, à tous les richards
et à tous les amoureux, évincés ou pleins
d'espoir, de sa connaissance, arrive ra-
dieuse à son poste. Elle prend ses dispositions, tend ses filets et guette le chaland
pour se précipiter sur lui et le dépouiller
galamment avant qu'il ne tombe entre les
mains de sa voisine.

Sourires provocants, regards langoureux,
compliments lancés à brûle-pourpoint, flatte-

ries délicates, cajoleries enveloppantes, avances de toute espèce, tout est mis en œuvre par les sirènes des œuvres de charité. Il s'agit de vendre cinquante louis à M. de Rothschild ou au général Boulanger un cigare de cinquante centimes et de montrer à ses rivales de quoi on est capable. Pour satisfaire cette ambition, rien ne leur coûte ; et la beauté qui, chez elle, est la plus raide, la plus collet-monté et la plus hautaine, acquiert, pour les besoins de la cause, une souplesse, un abandon et une initiative qu'on n'est habitué à rencontrer, de la part des femmes, que dans un monde moins exclusif...

Si on peut avoir à ses côtés un gentleman très couru, débordant d'esprit, de verve et d'entrain, pour faire le *boniment*, alors on est au comble des honneurs et de la réussite, à l'apogée de la gloire mondaine. Le comte Charles de Fitz-James était naguère le cavalier le plus habile et le plus apprécié dans cet art et plus d'une de nos élégantes lui a dû ses lauriers.

Pour ce qui est de l'emploi de bouquetière ambulante, qui n'est pas le moins difficile et

le moins curieux, il est confié, le plus souvent, à des débutantes n'ayant pas encore
conquis un rang important dans la confrérie,
ou à de charmantes jeunes filles qui s'es-
sayent en vous attachant une rose ou un
gardénia à la boutonnière avec une bonne
grâce et une crânerie dont on est, parfois,
tout interloqué. Inutile d'ajouter que les
pauvres n'y perdent rien.

VENTES BANALES

Elles ont ordinairement lieu dans les salons
de réception d'un ministère ou dans un édifice public quelconque. Les dames patronnesses appartiennent à des degrés très différents de l'échelle sociale et n'ont entre elles,
pour la plupart, que des relations banales ou
officielles. De là, une absence d'émulation et
de feu sacré qui donne de la froideur à la
réunion. Les hommes n'y viennent que par
devoir, ne s'arrêtent que devant les dames
qu'ils connaissent particulièrement, brûlent
impitoyablement les autres et ne font généralement qu'entrer et sortir.

On y cause peu on y marivaude encore moins et l'on s'y tient sur une certaine réserve. Solennelles, guindées, tristes, les ventes banales sont ennuyeuses et moins fréquentées que les autres.

LA DÉCLAMATION DE SALON

LA DÉCLAMATION DE SALON

Le goût de la déclamation, dans le monde élégant, est essentiellement moderne. Il s'est accru, depuis une vingtaine d'années, dans de notables proportions ; et à l'heure actuelle, il n'est guère de salon où, à un jour donné, l'on ne sacrifie — peut-être un peu trop — à cette mode, qui, si on n'y prend garde, menace de dégénérer en un abus insupportable.

Déjà la causerie, cet art éminemment français et parisien, tend à disparaître de nos réunions mondaines ; elle devient de jour en jour plus difficile et plus rare. Si on la supprime tout à fait en fournissant des prétextes au silence d'une foule de gens qui n'y sont que

trop portés et en absorbant leur attention
au profit de distractions accessoires, le
monde finira par être un spectacle comme
un autre, moins intéressant, moins réussi
même qu'un autre, et il perdra définitivement tout son attrait.

C'est ce que disent, non sans raison, les
détracteurs de la déclamation de salon,
qui a, comme la comédie de société, ses fanatiques et ses adversaires. Les premiers,
transportés d'admiration pour la *diction* de
n'importe quoi, par n'importe qui et n'importe comment, soutiennent que rien n'est
plus agréable et plus captivant que d'entendre réciter une pièce de vers ou un mor-
ceau de bonne prose par un amateur, habituellement moins exagéré, moins tapageur,
moins préoccupé de ses effets et plus fin,
plus distingué qu'un artiste de profession.
Les seconds, systématiquement opposés à ce
qu'ils appellent des *rengaines* endormantes
et agaçantes, objectent qu'ils ne vont pas à
un raout pour subir un genre de torture qui
leur est particulièrement odieux ; ils prennent une figure de circonstance chaque fois
qu'on s'avise de le leur imposer et ils pro-

testent de toutes les façons imaginables, contre la violence qui leur est faite.

La vérité, comme toujours, est entre ces deux termes extrêmes. Il est certain que le talent déclamatoire est un de ceux qui supportent le moins la médiocrité et qu'il est assez rare qu'un dilettante possède toutes les qualités requises en pareil cas. Mais, quand il les a, ne fût-ce qu'en partie, pris à dose modérée et à tire exceptionnel, il est loin de manquer d'intérêt et de saveur. C'est une question de mesure et d'à-propos.

Au surplus, la déclamation de salon prête à la variété et à la bigarrure. Elle revêt une infinité de formes selon les circonstances et les personnes. Elle commence aux monologuistes consommés, tels que le baron de Saint-Amand, la vicomtesse de Janzé, M. de Langeron, mademoiselle Rosemonde Lee, et finit à la petite pensionnaire qui *récite* d'un air gauche et sur un ton monotone des fadaises arrangées à son intention. Elle est cultivée par les deux sexes et comporte un grand nombre de nuances.

LES HOMMES

Les diseurs de monologues forment, dans le monde, une race à part. Ils se recrutent dans tous les milieux, appartiennent indifféremment à toutes les professions et se reconnaissent, en dépit de leur similitude apparente avec le commun des mortels, à certains signes auxquels un observateur sagace se trompe rarement. Le chiffre en est plus élevé qu'on ne pense et les espèces variées à l'infini. Mais ils peuvent se résumer en quatre types très distincts, très caractérisés et qui embrassent tous les autres.

Il y a d'abord, le monsieur sérieux, très fort, qui a travaillé avec Mounet-Sully et qui, après s'être beaucoup fait prier, dit du Victor Hugo, du Lamartine ou du Sully-Prudhomme, comme s'il n'avait fait que cela toute sa vie.

Il s'est fait une tête à la Musset avec une barbe courte et soignée, les cheveux rejetés en arrière, le regard inspiré, le geste nerveux et saccadé. Profondément imbu de sa supériorité, sincèrement passionné pour son art, il ne consent à s'exhiber que devant un auditoire choisi et convaincu, qui soit digne de l'entendre et capable de l'apprécier. Alors, il met toutes voiles dehors ; il se livre, il s'anime, il s'exalte ; il roule des yeux tour à tour farouches, séducteurs et attendris, sur la partie féminine de l'assistance, qui l'écoute bouche béante et le contemple avec admiration. Il séduit, il enchante, il captive ; il s'en aperçoit, il se grise de son succès, il s'emballe, il ne connaît plus de bornes et il fait long feu ; ce qui fatigue et énerve, parfois, les plus enthousiastes de la bande et provoque, au bout d'un certain temps, des bâillements aussi significatifs qu'irrespectueux.

L'inconvénient de ce virtuose, qui ne manque ni de mérite ni de charme, c'est qu'il est ordinairement susceptible et prétentieux. Le plus léger sourire, le moindre mot échangé à voix basse, la plaisanterie la plus inoffensive, le mettent hors des gonds, paralysent ses moyens et le font bouder tout le reste de la soirée. A part cela et en dehors de l'exercice de son pontificat, c'est un homme agréable, spirituel, lettré et plein de ressources.

6.

Tout autre est l'amateur qui dit des monologues de sa composition. Le masque comique, le sourire narquois, la voix nasillarde et mordante, les gestes plus pittoresques que distingués, il pose pour ressembler à un acteur et a des allures voulues de cabotin, qui tranchent sur la correction de ses manières d'homme du monde et forment un contraste piquant avec le cadre dans lequel il se meut.

Gai, loustic, bon enfant, mystificateur aussi un peu, il s'exécute de bonne grâce et force le rire des misanthropes les plus endurcis. Son débit est amusant, sa pantomime désopilante. Il n'empoigne pas, mais il distrait et intéresse ; et, n'était une pointe trop accentuée d'affection, une manie de *souligner* qui dépasse le but, il ne laisserait pas grand'chose à désirer — pendant dix minutes.

Ce fantaisiste est, généralement, avocat ou boursier ; jamais homme de lettres, peintre ni musicien. Pour être drôle, il faut qu'il soit laid, et il s'arrange pour ne point manquer à cette obligation. Néanmoins, il a de nombreuses bonnes fortunes. On se l'arrache, on le cajole, on veut l'avoir partout. Il se laisse faire une douce violence ; il n'a pas de préférences marquées, et il profite volontiers de toutes les occasions pour se mettre en scène. Sa grande qualité est d'être court ; son défaut, de se répéter trop souvent et de se prodiguer outre mesure. Quand on va fréquemment dans le monde, au bout de la saison, on en a assez...

Vient ensuite le poète, l'inévitable poète de salon, qui fait des vers bons ou mauvais, des sonnets plus ou moins bien tournés, et éprouve le besoin de les dire. Bien heureuse encore, la galerie, quand ce ne sont pas des élégies ou des odes.

Naturellement, la maîtresse de la maison, qui, connaît ses devoirs, s'empresse d'insister auprès de lui pour qu'il condescende à régaler la compagnie d'un fragment de ses œuvres inédites. Il en grille d'envie ; mais il se fait tirer l'oreille pour la forme et, une fois parti, il n'est plus possible de l'arrêter. Habituellement, il déclame mal et laisse son public, qui a été contraint d'applaudir et de s'extasier par politesse, sous la plus pénible et la plus somnifère des impressions. Il ne

s'en doute pas, et il s'en va ravi d'avoir pu
étaler au grand jour quelques-unes des inspi-
rations de sa muse.

Enfin, le bon jeune homme, frais émoulu
du collège, où il a eu un prix de déclamation,
et que ses parents conduisent dans le monde
avec la coupable intention de le faire valoir
en produisant ses talents de société. Histoire de solliciter la bienveillance des douairières et de le mettre en passe de réaliser
un bon mariage.

Celui-là est imberbe, svelte, élégant, joli
garçon, sympathique, un peu timide, et il ne
demanderait pas mieux que de rester tran-
quille. Mais sa famille en a décidé autrement. On lui a fait apprendre deux ou trois
des monologues les plus ressassés du répertoire de Coquelin et on l'oblige, à tout propos, à réciter de son mieux les *Ecrevisses
bordelaises* ou la *Levrette*. Il les a cent fois
débitées l'une et l'autre, et il commence d'un
air ennuyé, aux applaudissements des spectateurs, visiblement contrariés de cette cor-
vée, mais que sa jeunesse et sa bonne grâce
disposent en sa faveur et qui ont pour lui des
trésors inépuisables d'indulgence.

Le bon jeune homme de cette catégorie est clairsemé ; il ne se met guère en avant de sa propre initiative, et il n'exerce qu'en petit comité.

LES FEMMES

Les femmes du monde qui donnent dans la déclamation sont une rarissime exception. Non qu'elles n'en aient, autant que le sexe laid, la velléité et les aptitudes ; mais parce que, étant par nature et par nécessité plus réservées, plus nonchalantes que nous, et se rendant, d'autre part, parfaitement compte qu'à moins de dons prodigieux ce n'est pas le moyen le plus sûr de briller et de plaire, elles préfèrent presque toujours ne pas tenter l'épreuve.

Cependant il en est quelques-unes chez lesquelles le feu sacré l'emporte et qui se risquent hardiment. La plupart ont du talent ou, pour le moins, des capacités naturelles qui y suppléent dans une large mesure et qui font qu'au bout du compte elles sont souvent très au-dessus de leurs équivalents mas-

culins ; sans compter le prestige de la beauté
qui y est bien pour quelque chose.

La femme qui déclame dans un salon a un
grain d'originalité morale et physique. Ce
n'est pas une mère de famille pot-au-feu et
terre à terre. Elle est blonde, élancée, vapo-
reuse, avec un je ne sais quoi de langoureux
et de passionné dans la physionomie, de bizarre et de guin dé dans le maintien. Son auteur favori, pour ne pas dire son auteur
unique, est Alfred de Musset, *notre Alfred*,
comme on l'appelle entre initiées, et *la nuit
d'octobre* son cheval de bataille. Il va sans
dire qu'elle est escortée d'un cavalier de
bonne volonté — toujours le même — qui
s'immole avec une résignation stoïque et
qui lui donne la réplique. A la longue, malgré tout, c'est un peu monotone.

Elle a du mouvement dans l'esprit, de l'a-
mabilité, de l'entrain, de la coquetterie. Mais
ce qui la dépare et fait regretter, parfois,
qu'elle ne se soit pas bornée à être une femme
séduisante et belle, c'est son manque de sim-
plicité et l'affectation qu'elle met à ne pas
vouloir descendre de son nuage.

LES JEUNES FILLES

C'est, à mon humble avis, toujours un tort que de produire les jeunes personnes en public, même en bonne compagnie. Le parfum de ces fleurs à peine écloses n'est pas fait pour être respiré par la foule des indifférents et des sceptiques.

Toutefois, de nos jours, c'est l'opinion contraire qui prévaut, et le monologue lui-même — expurgé et mutilé à tort et à travers — n'a plus de secrets pour elles. Nous n'y avons rien gagné, ni elles non plus, disons-le ; car, à part quelques privilégiées comme mademoiselle Lee, que j'ai déjà citée, mademoiselle Falciano et deux ou trois autres dont le nom m'échappe, qui sont de véritables artistes, la jeune fille bien élevée qui dit les yeux baissés, et sans avoir l'air de comprendre ce qu'elle dit, n'a rien d'attrayant ni de récréatif.

LA COMÉDIE DE SOCIÉTÉ

LA COMÉDIE DE SOCIÉTÉ

Les avis sont partagés au sujet de ce
passe-temps éminemment français, et hâtons-
nous de le dire en passant, très raffiné, très
élégant et très attrayant pour les gens d'esprit, malgré tout ce qu'on peut penser de
son utilité et de son agrément. Il a ses fanatiques et ses détracteurs, ses adeptes fervents
et ses critiques implacables.

Les uns affirment, avec obstination, que
rien n'est plus amusant ni plus intéressant
que de voir jouer la comédie par des amateurs ; que rien surtout, n'est plus passion-
nant que de la jouer, et ils vont même jusqu'à prétendre que les acteurs mondains des
deux sexes, lorsqu'ils ont du talent et de

l'expérience — ce qui est moins rare qu'on n'est généralement porté à le croire — déploient des qualités très difficiles à rencontrer chez les interprètes de profession, telles que la distinction, la finesse, le maintien et une certaine aisance de bonne compagnie, un je ne sais quoi de naturel et de simple qui charme et captive au plus haut degré.

Les autres plus sceptiques, se plaçant exclusivement au point de vue de l'art dramatique et du plaisir que l'on se propose en allant au spectacle, objectent, non sans raison, qu'il est parfaitement insupportable d'être obligé d'écouter et d'applaudir une pièce souvent médiocre, plus souvent médiocrement jouée, dans des conditions forcément détestables de mise en scène, de liberté et de confortable, alors qu'il est si simple et si commode, quand le cœur vous en dit, de louer un bon fauteuil d'orchestre dans un théâtre quelconque et de savourer sans se gêner, en pleine indépendance, une comédie de son choix interprétée par de bons artistes, auxquels on ne doit même pas le tribut d'admiration et d'applaudissements de rigueur dans un salon. Personne d'ailleurs, ne conteste que ce puisse être agréable et amusant de faire partie d'une troupe de dilettantes et d'y occcuper l'emploi d'amoureux ou de grande coquette. — Parfait, c'est autre chose ; il y aurait beaucoup à dire à ce propos...

Ce qui est certain, dans tous les cas, c'est que le théâtre de société a toujours été à la mode dans la société française et a occupé, depuis plus d'un siècle, une place relativement importante dans les plaisirs, les *attractions*, comme on dit à notre époque, du brillant monde. Sans remonter au delà de la grande révolution, on le trouve en grand honneur sous la Restauration. Pendant le règne de Louis-Philippe, il continue à faire merveille. Les représentations et les fêtes de l'hôtel Castellane, qui ont tant fait parler d'elles et dont l'écho retentissant est parvenu jusqu'à notre génération, en témoignent. Sous le second Empire, il y a eu la troupe célèbre de la princesse de Beauvau, dont les exploits dramatiques, notamment les soirées organisées dans le manège Seillière, ont dépassé, en éclat, en perfection et en vogue tout ce qui s'était fait d'analogue auparavant

et ont atteint le sublime du genre. La princesse elle-même, l'âme de toutes ces réunions, madame de Pourtalès, dans la pléni-
tude de sa captivante beauté, M⁶ Abeille,
MM. de Magnieux, Maurice Cottier, A.
Blount, E. de Lagrené, Raynald, de Choi-
seul, de Mornay, pour ne citer que les prin-
cipaux, y ont brillé d'une façon incomparable
et déployé un remarquable talent. Sans parler des revues du marquis de Massa, repré-
sentées à Compiègne, aux Tuileries, à Mouchy, dans lesquelles les plus jolies femmes et
les hommes les plus spirituels de la cour
rivalisaient de verve et d'entrain et où l'on
vit, entr'autres curiosités, la plus aimable et
la plus originale des ambassadrices — j'ai
nommé la princesse de Metternich — en
cantinière de Turcos, voire même le marquis
de Gallifet en Bélisaire... J'en passe et des
meilleurs.

De nos jours, les comédiens de société
n'ont point dégénéré, tant s'en faut. Madame
Aubernon, madame Lippmann, née Dumas,
la vicomtesse de Kergariou, la comtesse de
Charnacé, madame d'Hanoncelle, née Charette, la comtesse M. Fleury, madame Mé-

nière, mademoiselle Rosemonde Lee, l'esprit et la séduction même, mademoiselle Falciano, M. de Bourboulon, présentement chambellan du prince de Cobourg. MM. Royer, Jamin, Casy, etc., sont des artistes consommés et des enthousiastes convaincus.

Mais, ainsi que je l'ai dit en débutant, c'est particulièrement dans les châteaux et au milieu des loisirs de la villégiature que Thalie prend aujourd'hui ses ébats. Ici, le premier rang appartient sans contredit au duc et à la duchesse de Bellune, qui, dans leur ravissante villa de Fontainebleau, sont parvenus à agencer, à peu près en permanence, le théâtre de société, je crois bien, le mieux organisé d'Europe, avec une phalange d'acteurs mondains des plus homogènes et des plus surprenants. Le duc de Bellune n'est pas seulement un auteur dramatique de grand mérite, ayant toutes les qualités d'invention, de style, d'esprit et d'originalité qui font réussir à la scène, c'est encore un régisseur et un professeur de premier ordre. Quant à ses interprètes ordinaires, ils sont pour la plupart hors de pair et en situation de lutter avec le dessus du panier des professionnels.

Vient ensuite Folembray et la troupe de là baronne de Poilly, dont les lauriers ne se comptent plus. Puis, la Basse-Motte, où M. et Madame de Charette ont donné dernièrement une fête théâtrale en plein air et en plein jour, innovation très heureuse, à mon avis, et destinée à avoir de nombreux imitateurs. Noisiel, à M. et madame G. Menier, où l'on va jusqu'à aborder l'opérette, et ma foi, le mieux du monde. Louviers, à la comtesse de Meffray, renommé pour les exploits annuels du marquis de Massa et pour l'entrain endiablé de ses séries d'automne. Omécourt, où le marquis et la marquise d'Espiès reçoivent de nombreux et brillants invités, auxquels ils ont offert récemment le régal de deux comédies qui ont eu le plus grand succès. Que sais-je encore?...

Je m'arrête et je passe sans transition à l'examen rapide des conditions dans lesquelles s'organise, se meut et se présente, à l'heure actuelle, un théâtre de société, et j'entre de plein pied dans les détails de l'exécution.

LA SALLE

C'est la pierre d'achoppement de la comédie
de société. A Paris, le local est généralement
exigu, inconfortable, insuffisant ; la scène
rudimentaire, mal éclairée, étroite, incom-
mode ; les décors et les accessoires nuls. Pas
l'ombre d'illusion, rien pour le plaisir des
yeux. Un auditoire serré, entassé, empilé,
mal assis et, par cela même mal disposé. Il
me souvient d'avoir assisté, l'hiver dernier,
à une représentation où la moitié des femmes,
tout au plus, voyait et entendait ; l'autre
moitié devait se contenter d'entendre sans
voir. Pour ce qui est des hommes, parqués
dans une pièce voisine de la salle de spectacle, ils ne voyaient ni n'entendaient quoi
que ce soit. C'était fort ennuyeux !

A la campagne, au contraire, l'espace est
moins mesuré, la disposition des appartements se prête beaucoup mieux à l'aménage-
ment des coulisses, à l'ampleur du théâtre,
à l'arrangement des places pour les invités ;
les dégagements sont plus nombreux et plus
faciles. Et, si on a la bonne fortune de pos-

7.

séder un *hall*, ce qui n'est point rare par le temps qui court, le but est atteint et la réussite complète. Aussi, que de châteaux où les plus récalcitrants font amende honorable et cultivent ce genre de sport avec autant d'ardeur qu'ils en mettent à le fuir à la ville !

LES PIÈCES

Le choix en est délicat, si délicat qu'il est extrêmement rare qu'il soit absolument heureux. C'est même une des raisons pour lesquelles les comédies de société n'ont pas toujours le succès auquel elles pourraient prétendre. Il faut qu'elles soient intéressantes sans être trop romanesques, gaies, sans être inconvenantes, spirituelles sans être vulgaires. Il faut que de toutes jeunes femmes, voire des jeunes filles, puissent les jouer sans embarras ; qu'elles ne blessent en rien la susceptibilité farouche des matrones ni la jalousie des maris. Si elles sont d'un amateur — et souvent l'amateur est imposé — elles risquent d'être détestables. Si elles sont d'un auteur connu, il y a des chances pour qu'elles renferment quelques passages

choquants pour un auditoire de salon et
qu'elles attirent sur les maîtres de la maison
les foudres de la critique mondaine, laquelle
est infiniment plus sévère et moins impar-
tiale que l'autre. Allez donc vous tirer de là !
Les trois quarts du temps, on ne s'en tire
pas ou on s'en tire mal. Et voilà pourquoi,
après les représentations de ce genre, il y
a, quelquefois tant de bavardages, de can-
cans et de brouilles. Ce n'est pourtant pas
une raison pour y renoncer.

LES ACTEURS

On peut les diviser en deux catégories :
les sérieux, épris de leur art, ayant du talent,
de l'acquis, du succès, jouant pour jouer et
pour être applaudis, et les amateurs sans
prétentions aucunes, sans talent aussi, qui
n'acceptent un rôle que par occasion, pour
être agréables aux maîtres de la maison, ou
dans l'intérêt momentané de leur situation
dans le monde et de leurs affaires de cœur.
On a vu des mariages n'ayant pas d'autres
points de départ et qui ne se seraient jamais
faits sans cette circonstance.

Les acteurs sérieux sont indispensables à qui veut faire jouer la comédie chez lui. Ils font l'effort principal et portent, en définitive, tout le poids de la représentation. Mais ils ne sont pas assez nombreux, parmi les gens du monde, pour pouvoir se passer des autres et, toute l'activité, toute l'habileté, toute la diplomatie d'un directeur de théâtre de société doivent se concentrer sur les amateurs. C'est toute une science que de les embaucher, de les décider, de les grouper d'une manière conforme à leurs sympathies et à leurs goûts, de les exercer et de les stimuler. Ceux qui y excellent obtiennent des résultats phénoménaux. J'ajouterai, d'ailleurs, qu'il est fréquent de voir des amateurs déployer un zèle et montrer une assiduité extraordinaire, et que souvent, en pareille matière, le moindre *flirt* habilement exploité a plus d'influence que tout le reste.

LES RÉPÉTITIONS

A coup sûr, c'est ce qu'il y a de plus amusant — pour les acteurs s'entend, et pour l'auteur ou le directeur, les seuls qui, à mon avis, s'amusent véritablement. D'abord c'est un prétexte à réunions et à intimité. Ensuite, pourquoi ne le dirions-nous pas? c'est un moyen naturel et convenable de rapprochement entre les deux sexes. Grâce aux rapports presque quotidiens qui s'établissent, aux rôles que l'on apprend, au laisser-aller des coulisses, il ne tarde pas à s'établir entre les acteurs et les actrices de la troupe une camaraderie et une familiarité qui sont loin de manquer de charme et qui facilitent, au besoin, les épanchements.

On répète un peu, on jabote beaucoup, on rit à gorge déployée, on *flirte* plus que partout ailleurs, on se chamaille fréquemment, on se boude de temps à autre, et tout finit par une tasse de thé et des compliments, pour recommencer le lendemain.

LA REPRÉSENTATION

C'est le couronnement de l'édifice, la soirée la plus brillante, la plus animée en apparence, la plus élégante, celle en vue de laquelle on a travaillé pendant un mois, tout préparé, tout calculé. Mais au fond, c'est la

moins gaie, celle où il y a le moins d'entrain et
de véritable animation. Les interprètes sont
tous plus ou moins émus ; ils sont intimidés,
ils sont tristes en songeant qu'il va falloir se
séparer et renoncer à ces bonnes petites réunions, pleines de bonne humeur et d'agrément auxquelles on s'était si vite et si dou-
cement habitué. Le public, chose bizarre !
est froid. Il applaudit peu, il ne souligne pas
les tirades à effet, il n'encourage pas les
artistes. Bref, le dénouement ne vaut pas le
prologue.

Au total et tout compte fait, néanmoins,
la comédie de société est une agréable manière d'employer ses loisirs et une façon
plus intelligente que bien d'autres de s'amuser en bonne compagnie.

LES FEMMES DU MONDE ARTISTES

FEMMES DU MONDE ARTISTES

Il est hors de doute qu'à notre époque, l'art, sous toutes ses formes, tient une place considérable dans les goûts, les préoccupations et les manies des gens du monde, et qu'ils développent les dons qu'ils ont reçus de la nature avec plus d'application, de sérieux et d'esprit de suite qu'autrefois. Les femmes surtout, se distinguent par l'entrain et la passion qu'elles apportent dans la culture et le perfectionnement de leurs facultés artistiques. N'étant détournées de leur vocation ni par les affaires, ni par la politique, ni par le club, elles en font, lorsqu'elle est véritable, le but constant de leur ambition et

de leurs efforts, et, l'amour-propre aidant,
un certain nombre d'entre elles acquièrent
un savoir et une réputation qui dépassent in-
contestablement les bornes tracées aux simples amateurs.

Est-ce une qualité ou un défaut? Gagnent-
elles autant par cette direction imprimée à
leur vie, en séduction et en charme qu'en notoriété et en prestige? Cela dépend de la
manière de voir, et j'avoue que je n'ai pas
une opinion très arrêtée à cet égard. Toujours est-il qu'elles cèdent aujourd'hui à leur
penchant, sans respect humain ni timidité,
tandis que, jadis, une grande dame aurait
cru déroger et s'amoindrir en s'adonnant
trop exclusivement et trop ouvertement à
une inclination qui n'était pour elle qu'une
distraction, qu'un accessoire infime, et dont,
au gré de ses préjugés, les professionnelles
seules avaient le droit de se targuer et de
profiter. Idées arriérées et rococo, si l'on
veut; scrupules déplorables, à coup sûr, si
l'on n'envisage que le côté de la vulgarisation
des beaux-arts et du progrès intellectuel,
mais qui peuvent se soutenir au point de vue
purement mondain, et qu'il ne faudrait peut-

être pas se hâter de condamner sans appel.

La difficulté, je ne l'ignore point, est de préciser en matière d'art, où commence ce qu'on appelle la femme du monde et où elle finit. Car enfin, s'il y a des femmes du monde artistes, il y a aussi, par le temps qui court, beaucoup d'artistes qui sont des femmes du monde accomplies, et la nuance paraît, à première vue, assez malaisée à saisir.

Elle existe pourtant, selon moi, et elle est même si marquée que la confusion, quand on y regarde de près, est impossible. Les premières, en effet, sont celles qui, si absorbées qu'elles soient par leur art de prédilection, si habiles et si versées qu'elles puissent être dans ses moindres finesses, ne l'exercent qu'en dilettantes et ne l'ont jamais considéré comme une carrière. Les secondes, au contraire sont celles qui en ont fait une profession, qui y consacrent leur existence tout entière et qui lui doivent leur situation.

Ainsi, pour ne citer qu'un exemple frappant entre cent, madame Vigier (Sophie Cruvelli), la générale Bataille (Montbelli), et la marquise de Miranda (Christine Nilsson), présentement réfugiées dans la vie de famille, bien qu'ayant une position sociale qui ne le cède en rien à celle de n'importe quelle planète du *high-life,* sont des artistes femmes du monde et n'appartiennent nullement à la catégorie dont j'ai à m'occuper ici.

Je ne veux parler que des mondaines en qui ce titre prime la qualité d'artiste, que le public connaît bien plus par leur élégance et par le rang qu'elles occupent dans la société parisienne que par leur spécialité et leur talent et qui marquent à un degré quelconque dans le chant, la musique instrumentale, la peinture ou la sculpture.

LES CANTATRICES

La voix est, sans contredit, le plus captivant et le plus parfait des instruments. C'est aussi celui qui sied le mieux aux jolies femmes et qui fait le plus complètement ressortir tous leurs avantages. Rien de surprenant, par conséquent, à ce qu'elles la développent quand elles en ont, de préférence à toute autre virtuosité et à ce que, dans le monde, le nombre des cantatrices soit sensiblement supérieur à celui des pianistes. Il ne

peut être question d'autre chose que du piano,
qui a détrôné la harpe, si en honneur sous la
Restauration et au commencement de la mo-
marchie de juillet, et qui à peu près seul
maintenant jouit de la faveur du beau sexe.

Donc, parmi les musiciennes de la *fashion*,
les cantatrices dominent et font prime. Elles
ont, du reste, pour elles, la grande majorité
de l'auditoire, infiniment plus sensible aux
beautés simples et saisissantes du chant
qu'aux charmes plus alambiqués et plus raffi-
nés du piano. Elles ont, par surcroît, la bienveillance des grincheux systématiques à qui
l'instrument immortalisé par Rubinstein et
Planté porte sur les nerfs, même lorsqu'il
obéit à des maîtres tels que ceux-là.

Au premier rang des femmes élégantes
qui sont recherchées dans les salons de Paris
pour l'agrément et les vertus de leur gosier,
il faut placer madame Saly-Stern, sœur de
M. Bemberg, dont les opéras-comiques sont
très goûtés. Ce n'est pas exagérer que de
dire qu'elle est presque au niveau des artistes
de profession, par le talent et surtout par la
variété de son répertoire qui est des plus
étendus. Depuis l'opérette, jusqu'au Wagner

le plus inaccessible, elle ne recule devant
rien. En outre, elle est séduisante et à la
mode, ce qui ne nuit pas.

Après elle, la vicomtesse de Tredern, trop
connue pour que j'aie besoin d'insister sur
son mérite artistique. Ses soirées musicales
de la place Vendôme ont une renommée et
un succès hors de pair. Sa voix forte et mé-
tallique dont elle n'est pas avare et qui s'est
fait entendre mainte fois jusque dans les
églises, n'est plus un mystère pour personne.
Musicienne, elle l'est jusqu'au bout des
ongles. Peut-être cependant pourrait-on lui
reprocher parfois un peu d'uniformité et de
tiédeur.

Puis, madame Benardaki, qui nous vient
de Saint-Pétersbourg, avec sa classique et
froide beauté. Une voix splendide, une exécution correcte, à laquelle une expression
plus accentuée, plus de brio et de feu sacré
ne gâteraient rien, sont les qualités maîtresses
de cette étoile du Nord qui brille au firmament
parisien d'un très vif éclat.

Madame de Guerne, née Ségur ; remarquable par son excellente méthode et son style
irréprochable.

La comtesse Mniszech, née de la Gatinerie, qui continue à Paris la série des triomphes artistiques commencée à Fontainebleau avant son mariage.

La comtesse Bresson, belle-sœur de notre ancien ministre plénipotentiaire à Belgrade.

La comtesse Boutourline, née Bobrinsky, descendant, par conséquent, en droite ligne de la grande Catherine. Une belle voix, une fibre musicale très remarquable, une ravissante tournure et une verve endiablée.

Madame Emile Fourton, charmante aussi, celle-là. Elle a cueilli des lauriers à foison ; mais elle semble avoir ralenti son ardeur et elle ne se fait plus guère entendre que dans l'intimité.

Enfin, une toute jeune femme, nouvellement mariée, madame de Langeron, qui promet beaucoup, qui est déjà très prisée et qui ira très loin si le cœur lui en dit.

LES PIANISTES

Si quelqu'un est capable de faire tomber les préventions, — pas toujours injustes à

mon avis — qui, de notoriété publique, sé-
vissent contre le piano et ceux qui en font
un usage perfide, c'est assurément la princesse Brancovan.

Elle a le fanatisme de son art, une perfection peu commune de doigté jointe à un sentiment exquis des nuances et de l'expression,
et une étonnante facilité. Quand elle joue —
sans se préoccuper le moins du monde de la
galerie — ses yeux lancent des éclairs, sa
physionomie prend un air inspiré et, bon
gré mal gré, elle vous transporte à sa suite
dans les régions les plus poétiques. C'est
une de ces natures toutes de vivacité et d'expression chez lesquelles la lame menace
d'user le fourreau; ce qui serait grand dommage, en vérité.

Sa belle-sœur, la princesse A. Bibesco,
marche sur ses brisées et est en passe d'acquérir une renommée égale à la sienne. Elle
est aussi on ne peut mieux douée, très enthousiaste de musique et très simplement
prodigue de son talent.

Viennent ensuite madame Jamson, qui
dans son magnifique hôtel, se fait applaudir
périodiquement par des réunions de fidèles,

la marquise de Saint-Paul, belle personne, grande, élancée, dont le jeu est original, fantaisiste, mordant et particulièrement énergique.

Sans oublier mademoiselle Berthe de Bellune, dont l'agilité surprenante, la précision, la grâce, l'organisation musicale, ont un charme irrésistible.

LA PEINTURE ET LA SCULPTURE

La peinture, sans que cela paraisse, est un des arts d'agrément les plus fréquemment et les plus assidûment cultivés par les femmes du monde. Quantité de jeunes filles fréquentent les ateliers, suivent des cours très sérieux et continuent à travailler par la suite au milieu des agitations de leur existence de femmes et des occupations incessantes qui incombent à une mère de famille.

Seulement, elles sont moins en évidence ; leur talent, généralement ignoré des indifférents, ne profite qu'à leur intérieur et à leurs familiers, et il n'y a, le plus souvent, que celles qui ont la velléité d'exposer leurs

œuvres au Salon qui aient une certaine notoriété. Combien, cependant, mériteraient
d'être signalées ! Il me serait impossible de
les passer toutes en revue. Fidèle au programme que je me suis tracé, je ne citerai
que les principales et les plus en vue. Que
les autres veuillent bien me pardonner.

Il y a, d'abord, madame de Saux (Hen-
riette Brown), veuve d'un ministre plénipotentiaire distingué. Son éloge n'est plus à
faire, et ses tableaux, aussi nombreux que
méritants, ont eu, à plusieurs reprises, les
honneurs des expositions annuelles et la
sanction de l'opinion. Madame de Saux est
une artiste qui pourrait fort bien se passer
d'être une grande dame.

Dans un ordre plus modeste, il y a madame la duchesse de Luynes, qui peint avec
goût et maestria et qui fait, sans prétention
aucune, des choses qui sont loin de manquer
de valeur.

La princesse d'Arenberg, née Greffulhe,
aquarelliste émérite et l'une des bonnes
élèves d'Eugène Lami.

Mademoiselle de Banuelos, fille d'un diplomate espagnol et nièce de la comtesse de

Sartiges. Son genre préféré est le portrait ; elle y réussit parfaitement.

Mademoiselle Hélène de Lajallet, dont les fleurs sont très admirées, chaque printemps, au salon de peinture et qui a une vogue très méritée, non seulement dans le brillant monde, mais encore parmi les maîtres et les connaisseurs.

La marquise de Persan, femme de l'un de nos plus jeunes et de nos plus sémillants premiers secrétaire d'ambassade, qui occupe les loisirs que lui laisse la diplomatie en peignant des gouaches remplies de chic et d'une grande finesse de touche, etc.

Quant à la sculpture, qui exige plus de temps, de préparation et de fatigue, et qui se prête moins facilement au tempérament artistique féminin, je ne vois, pour le moment, que la comtesse de Beaumont, née Castries et mademoiselle de Sardent qui s'y distinguent suffisamment pour être mentionnées. Madame de Beaumont a des dispositions naturelles très prononcées, de l'acquit, de l'allure, et elle a exécuté plusieurs bustes très appréciés. Son Coligny, acheté par l'Etat pour un musée de province, et son médaillon de Chopin mort, entr'autres, sont d'un grand caractère.

Elle est également musicienne. Mais la musique n'est, à ses yeux, qu'un passe-temps secondaire auquel elle préfère la sculpture.

Mademoiselle de Sardent fait de fort jolis bustes. Celui qu'elle a exposé cette année-ci est d'un modelé admirable.

L'INTRODUCTEUR DES AMBASSADEURS

ET

LE PROTOCOLE DIPLOMATIQUE

8.

L'INTRODUCTEUR DES AMBASSADEURS

ET

LE PROTOCOLE DIPLOMATIQUE

On a beaucoup parlé, à propos de la mort de M. Mollard, introducteur des ambassadeurs, de ces hautes fonctions diplomatiques et du protocole au ministère des affaires étrangères. La récente installation de M. le comte d'Ormesson, le nouveau titulaire du poste, a remis de plus belle la question sur le tapis.

Mais, en dépit de la grande notoriété de feu M. Mollard, que tout Paris connaissait au moins de nom, bien peu de gens, croyons-nous, savent au juste en quoi consiste l'emploi relativement important qu'il occupait.

Bien peu aussi ont une notion précise du rôle de ce fameux *protocole*, dont le nom revient sans cesse sous toutes les plumes, rôle plus sérieux au fond, dans les relations internationales — malgré ce qu'il peut avoir de suranné et même d'un peu enfantin — qu'on n'est généralement porté à le supposer, et, en tout cas, assez considérable pour comporter, dans l'organisation des services du quai d'Orsay, l'installation d'un bureau spécial équivalant à une sous-direction, avec cette différence que son chef, l'introducteur des ambassadeurs, ne relève d'aucune direction et travaille directement avec le ministre.

L'INTRODUCTEUR DES AMBASSADEURS

L'introducteur des ambassadeurs a donc des attributions doubles. D'une part, comme son titre l'indique, il est chargé du cérémonial des réceptions des chefs de missions et du corps diplomatique étrangers, ainsi que de la présentation des étrangers et, en général, de toutes les audiences diplomatiques. D'autre part, il dirige, au ministère, le bureau du protocole, duquel relève, au point de vue extérieur, tout ce qui est étiquette et préséance.

Jusqu'à M. Mollard la sphère d'action de l'introducteur des ambassadeurs était strictement limitée au ministère des affaires étrangères et au monde diplomatique. Mais depuis l'avènement de ce personnage, qui a coïncidé précisément avec les débuts du gouvernement républicain, l'ignorance absolue du nouveau personnel gouvernemental sous le rapport de l'étiquette et des préséances fit en maintes circonstances, qui n'étaient point précisément de son ressort, recourir aux lumières du seul fonctionnaire qui eût gardé la tradition. Il s'en est suivi que l'introducteur des ambassadeurs est intervenu très souvent dans des cérémonies publiques qui, n'ayant rien d'international, ne le concernaient pas directement, et que peu à peu son ingérance s'est étendue au delà des bornes qui lui avaient été primitivement fixées.

En réalité, la partie active et extérieure de la charge devrait consister et consiste effectivement à l'ordinaire, dans la présentation, au chef de l'Etat et au ministre des affaires étrangères, des ambassadeurs nouvellement accrédités à Paris, et dans ce que j'appellerai la mise en scène de leur installation.

Dès qu'un nouvel ambassadeur arrive et que le jour de la présentation de ses lettres de créance en audience solennelle est fixé, l'introducteur des ambassadeurs se rend auprès de lui, reçoit communication de l'allocution qu'il compte adresser au président de la République et la transmet à ce dernier, afin qu'il puisse préparer sa réponse.

Le jour de l'audience venu, il monte, en grand uniforme, dans une voiture de la présidence et va chercher en cérémonie l'ambassadeur chez lui pour le conduire sous brillante escorte et dans ce même équipage, au palais de l'Elysée. Puis, après la réception, il le reconduit à son hôtel de la même façon.

Tout le monde a pu voir cela. Mais ce qui est moins connu, c'est qu'au *ricevimento* que donne l'ambassadeur quelques jours après la prise de possession de son poste, et où il reçoit, non seulement les membres du corps diplomatique et les personnages officiels, mais encore les personnes marquantes de la société qui désirent lui être présentées, l'introducteur des ambassadeurs se tient généralement auprès de lui pour lui nommer les gens au fur et à mesure qu'ils défilent. Il faut donc savoir son monde sur le bout du doigt pour remplir ces fonctions.

Lorsqu'un étranger de distinction, de passage à Paris, veut être présenté au président ou au ministre des affaires étrangères, c'est à l'introducteur des ambassadeurs que le représentant de son pays s'adresse.

Il en est naturellement de même de toutes les missions temporaires, de tous les envoyés plus ou moins orientaux que nous sommes habitués à voir débarquer périodiquement chez nous ; et le pauvre introducteur des ambassadeurs a, plus souvent qu'il ne voudrait, dans ce genre-là, des devoirs à remplir qui n'ont rien de bien attrayant. Il me souvient, à ce propos, d'une anecdote assez plaisante, qui m'a été contée par un témoin oculaire :

Le second empire battait son plein. Je ne sais plus quel petit souverain du centre de l'Afrique avait envoyé à l'empereur une ambassade composée de cinq négrillons d'un noir d'ébène; tout couverts de pierreries, mais très peu récréatifs. M. Drouyn de Lhuys, alors ministre des affaires étrangères, les avait présentés le matin au souverain, les avait reçus lui-même à midi et était monté en voiture à quatre heures pour aller, selon l'étiquette, leur rendre leur visite le jour même. Il commençait à en avoir assez. Donc, chemin faisant, s'adressant au comte d'Ormesson de l'époque qui l'accompagnait et qui était, je crois, M. Feuillet de Conches, et sans se départir de ce ton solennel et prud'hommesque qu'il ne quittait jamais, même dans l'intimité :

— Que pensez-vous , *môssieu,* que l'on puisse dire à ces moricauds quand on les voit pour la troisième fois dans la même journée ?

— Ma foi ! monsieur le ministre, je n'en sais trop rien...

Sur ces entrefaites, on arrive. M. Drouyn de Lhuys, introduit, prend un air inspiré et s'exprime en ces termes : « Il est doux de voir ses amis... trois fois par jour. C'est comme l'aurore, le midi et le déclin d'un beau jour... » On n'a jamais su si cet échantillon original de style oriental avait charmé les Africains.

LE PROTOCOLE

Le bureau du protocole est l'arche sainte de l'étiquette. On y conserve précieusement, dans des recueils classés avec le plus grand soin, l'ordre des préséances diplomatiques dans toutes les circonstances imaginables, depuis le rang que doivent occuper entre eux les noms des plénipotentiaires des différentes puissances contractantes dans l'instrument d'un traité, jusqu'à la place à table du troisième secrétaire ou de l'attaché libre de la République de Saint-Marin.

C'est au protocole que se règlent la plupart des questions relatives aux franchises et aux immunités diplomatiques. C'est là que sont rédigées, d'après des modèles invariables, mais aussi nombreux que les divers cas qui peuvent se présenter, les lettres de notifications aux souverains ou aux gouvernements étrangers. Ainsi, lorsque M. Carnot a informé les puissances de son élévation à la présidence de la République, la lettre est partie du protocole et non du cabinet du président.

9

Le curieux est qu'il y a des formules toutes spéciales à l'adresse des souverains orientaux : le Sultan, le Shah de Perse, l'empereur de la Chine, etc... Le style en est imagé à la manière arabe, complimenteur, ampoulé, louangeur à l'excès et, en somme, tout à fait comique. Mais il faut cela pour être compris dans ces pays-là et pour plaire à ces autocrates, qui seraient absolument froissés qu'on ne les comparât pas plusieurs fois, dans le cours d'une épître, au soleil, à la lune et au firmament, et qui, du reste, il faut leur rendre cette justice, ne nous marchandent pas les compliments.

Au protocole également sont expédiés tous les traités et toutes les conventions, avec leurs ratifications, ce qui n'est pas d'une mince importance, comme bien l'on pense. L'expédition des pleins pouvoirs aux plénipotentiaires à l'occasion d'une conférence ou d'un congrès, les lettres de créance et de rappel des agents français au dehors, les décorations de la Légion d'honneur à accorder à des étrangers, les ordres étrangers conférés à nos diplomates, les demandes d'autorisation pour avoir le droit de les porter, tout cela est encore de la compétence du bureau du protocole.

Mais le plus piquant, pour les profanes, ce qui est un vrai casse-tête chinois et vous laisse positivement rêveur, c'est la collection — imprimée s'il vous plaît — de toutes les formules de politesse à employer en tête et à la fin des dépêches dans la correspondance diplomatique courante. Il y a d'abord le ministre français à qui on donne du *Monsieur le ministre et cher collègue* en commençant, et que l'on prie, en terminant, d'agréer les assurances de votre *plus haute considération*.

Le ministre d'une puissance amie, auquel on octroie en plus de l'*Excellence*. L'ambassadeur français en pays étranger, auquel on écrit : *Monsieur l'ambassadeur* en vedette, c'est-à-dire sur une ligne séparée, et *Agréez les assurances de ma très haute considération*. L'ambassadeur étranger à Paris auquel notre ministre des affaires étrangères écrit de la même façon, en y ajoutant le titre d'*Excellence* et en finissant par *Veuillez agréer*, etc. Les ministres plénipotentiaires, chargés d'affaires, conseillers d'ambassade, premiers, seconds et troisièmes secrétaires, auxquels le ministre écrit *Monsieur* tout court, en vedette ou sur la même ligne que le texte et *Agréez* ou *Recevez les assurances de ma haute considération, de ma considération la plus distinguée, très distinguée* ou distinguée tout court, selon leur grade. Enfin, les simples attachés libres auxquels le ministre se contente d'adresser cette formule : *Recevez l'assurance de ma parfaite considération*, ce qui, en style diplomatique, est le dernier degré du mépris...

Des nuances analogues, imperceptibles et infinies, consistant presque uniquement dans la combinaison savante et calculée des mots : *Agréez, recevez, haute, très haute, respectueuse, très respectueuse considération*, règlent la correspondance des agents avec le ministre et avec leurs chefs hiérarchiques. L'attaché libre est tenu de se dire *le très humble et très obéissant serviteur* du ministre des affaires étrangères lorsqu'il lui écrit. Quant au titre d'excellence, qui n'existe plus en France, il est encore employé fréquemment dans les dépêches adressées

par nos agents au quai d'Orsay. Affaire
d'habitude et de style.

Toutes ces minuties peuvent sembler bien
inutiles et peu en harmonie avec l'ensemble
des mœurs politiques de notre époque. Mais
il est bon de remarquer qu'il s'agit ici de
rapports internationaux ou de services qui
s'y rattachent, et qu'en fait de diplomatie,
l'Europe est loin d'en être arrivée encore à
dédaigner les questions de forme et d'étiquette.

LA SOCIÉTÉ D'ENCOURAGEMENT

ET

LE JOCKEY-CLUB

LA SOCIÉTÉ D'ENCOURAGEMENT

ET

LE JOCKEY-CLUB

LA SOCIÉTÉ D'ENCOURAGEMENT

Très connue dans son ensemble et dans ses résultats, cette aristocratique association l'est beaucoup moins dans ses origines, son fonctionnement et ses détails. Depuis que les courses, par le développement considérable qu'elles ont pris et par les services réels qu'elles ont rendus, ont cessé d'être une distraction réservée à une coterie d'élégants spécialistes des choses hippiques pour devenir une véritable institution d'utilité publique, la masse des Parisiens s'est familiarisée d'une

9.

façon surprenante avec toutes les combinai-
sons et toutes les finesses du *turf* et — la
passion du jeu aidant — il n'est presque plus
personne à Paris, à quelque milieu social
qu'il appartienne et si humble que puisse
être sa condition, qui ne soit plus ou moins
au courant de ce qui a trait au sport hippique.
Tout le monde, ou peu s'en faut, a la notion
de l'existence et du but d'une Société dont
le nom est continuellement dans toutes les
bouches et dont les personnalités les plus
marquantes, sans cesse en contact avec le
public, ont acquis une grande notoriété. Mais
un très petit nombre sait au juste quand et
comment elle a surgi, de qui elle se compose,
de quelle manière elle fonctionne et par
quelle suite d'efforts persévérants, de tra-
vaux sérieux et de circonstances diverses
elle est parvenue au degré de prospérité et
de puissance où elle se trouve aujourd'hui.

Rien, cependant, n'est plus intéressant et
plus instructif tout à la fois que la marche
progressive et toujours ascendante, à travers
nos révolutions et nos désastres, de cette
compagnie, fondée il y a cinquante-cinq ans
et presque en se jouant, par un groupe d'oi-

sifs, et devenue, en pleine démocratie, un
des engins les plus forts, les plus solidemen t
constitués et les plus immuables dans son
organisation qui se puisse imaginer. Le
chemin qu'elle a parcouru est prodigieux.
Il suffit, pour s'en rendre compte, de
comparer l'aspect de l'enceinte du pesage
de Longchamps, tel qu'il se présente actuellement, avec ce qu'il était, non pas à une
époque lointaine, mais seulement avant la
guerre de 1870. Quel changement radical !
C'est à ne pas s'y reconnaître. Au lieu du
salon élégantissime, mais par cela même
assez restreint de 1869, entouré à distance
respectueuse d'une assemblée de curieux,
relativement peu nombreux et indifférents,
pour la plupart, à ce qui se passait sur la
piste, c'est maintenant une foule compacte
et bariolée, presque une cohue, de gens de
toutes provenances, depuis la duchesse et le
sportsman de distinction, jusqu'à la petite
bourgeoise et au commis du *Bon Marché*,
animée, affairée, bruyante, connaissant tous
les chevaux, s'intéressant aux moindres in-
cidents, grouillant pêle-mêle, pariant, discu-
tant, s'émotionnant, s'amusant. Sans doute,

le coup d'œil a perdu de son charme au point
de vue de l'élégance et du chic. D'aucuns
peuvent le regretter, et j'avoue que je suis
de ceux-là. Mais quelle vitalité, quel mouvement, quel entrain et quelles recettes !

LA FONDATION DE LA SOCIÉTÉ

Ce ne fut point un homme du monde,
mais un industriel dont le nom m'échappe en
ce moment, qui, en 1833, eût le premier l'idée
de créer en France une Société de courses. Il
fit part de son projet à deux ou trois des
sportsmen les plus brillants et les plus lancés
de ce temps-là, qui s'empressèrent de l'adopter et d'y rallier quelques-uns de leurs amis.
En très peu de temps, les adhérents étaient
au nombre de douze. Ils se réunirent alors
dans les jardins de Tivoli, situés, comme on
sait, en pleine rue de Clichy, et fondèrent la
*Société d'encouragement pour l'améliora-
tion des races de chevaux en France.*

Les douze membres fomdateurs étaient :
le comte de Cambis, écuyer du duc d'Orléans,
M. C. Delamarre (de la *Patrie*), le comte
Anatole Demidoff, MM. Fasquel, Charles Laf-

fite et Ernest Le Roy, le chevalier de Machado, le prince de la Moskowa, MM. de Normandie et Rieussec, lord Seymour et le comte Max Caccia, Italien au service de France, qui devait plus tard entrer dans l'armée italienne et y devenir général. Mgr le duc d'Orléans et Mgr le duc de Nemours se joignirent à ces messieurs en qualité de membres honoraires.

Aucun des membres fondateurs effectifs ne survit à l'heure qu'il est. Le dernier, M. Ernest Le Roy, est mort très âgé, il y a déjà plusieurs années. Seul M. le duc de Nemours, l'un des deux membres honoraires, est resté solide au poste. Je l'ai aperçu dernièrement aux Champs-Elysées dans son élégante victoria, attelée de deux chevaux fringants, et je puis vous assurer qu'il n'avait pas du tout l'air de quelqu'un qui songe à faire ses paquets pour l'autre monde.

De tous les sociétaires de 1833, au surplus, M. Charles Laffite, le banquier célèbre sous le second empire, est le seul que la génération actuelle ait connu comme propriétaire d'une écurie de courses. Il faisait courir, on s'en souvient, sous le pseudonyme — d'ail-

leurs percé à jour — de *major Fridolin*.
Les autres sont passés de vie à trépas ou ont
abandonné le champ de bataille depuis trop
longtemps pour que nos contemporains
puissent être familiarisés avec leurs noms.
L'un d'entre eux même, lord Seymour, en sa
qualité d'Anglais, s'est retiré dès les premières années et n'a fait qu'une courte apparition à la tête de la Société, dont il fut le
premier président.

SON DÉVELOPPEMENT

En 1834, moins d'un an après la fondation,
les douze font de nouvelles recrues et, au
nombre de vingt, ils fondent le Jockey-Club,
cercle composé exclusivement des membres
de la Société et qui, à l'avenir se confondra
avec elle. L'un et l'autre s'installent rue du
Helder dans un appartement confortable très
modeste et très simple en comparaison du
local grandiose d'à présent.

A partir de cet instant, la Société d'encouragement ne cesse de grandir et de se déve-
lopper. En 1838, elle compte déjà quatre-
vingt membres. En 1857, elle transfère son

hippodrome du Champ de Mars, où les
courses avaient eu lieu jusque-là, à Longchamps, et le nombre de ses membres s'élève
à plus de six cents. Les beaux jours de la
grande écurie Lagrange-Nivière la font
briller peu après d'un vif éclat. Vient ensuite
l'établissement du grand prix de Paris — dû
en partie à l'heureuse influence du duc de
Morny — qui, en 1864, lui imprime un
nouvel essor, devient une solennité nationale
et contribue grandement à vulgariser et à
étendre le goût des courses dans la capitale.
Qui n'a encore présent à la mémoire l'élan
d'enthousiasme provoqué par la victoire de
Vermouth, à M. Delamarre, lorsqu'il gagna
le premier grand prix ? En 1863, la Société
avait transporté son siège. de la rue Drouot
au coin de la rue Scribe et du boulevard, où
elle est encore en 1889.

Mais c'est surtout après 1872 que le mouvement ascensionnel s'accentue et que l'association prend une extension et une importance vraiment extraordinaires. Les recettes
augmentent tout à coup dans des proportions
énormes et continuent, d'année en année, à
s'accroître. Les courses se multiplient à

l'infini. Le nombre des parieurs et des personnes qui fréquentent les hippodromes devient phénoménal. Le renom de la Société grandit de jour en jour et sa situation devient telle que, cette année-ci, son budget est de trois millions.

SON ORGANISATION

La Société d'encouragement est organisée d'une façon toute particulière et des plus originales. Elle est, sous ce rapport, unique dans son genre et certainement le seul exemple d'une compagnie ayant pu se soustraire, malgré tout, à la dure nécessité de subir la loi inexorable du nombre. Sa direction et son administration ne dépendent nullement du suffrage universel et elle est régie par une autorité souveraine n'émanant pas des sociétaires, qui n'ont le droit ni de la choisir ni même de la contrôler.

Son comité, en effet, absolument omnipotent, et composé à l'origine des douze membres fondateurs, se recrute lui-même, depuis lors, par voie d'extinction et selon son bon plaisir, sous la seule réserve que ses membres ne peuvent pas être pris en dehors de la Société. Il se subdivise en *membres fondateurs* et en *membres adjoints*. Ces derniers deviennent membres fondateurs à leur tour, au fur et à mesure qu'une vacance se produit dans les rangs de leurs collègues. C'est un usage traditionnel et constant auquel je ne sache pas qu'on ait jamais dérogé.

Les membres fondateurs du comité sont, à l'heure présente : MM. Auguste Lupin, le comte d'Hédouville, le comte de Noailles, le comte des Cars, Henry Delamarre, Mackenzie-Grieves, le duc de Fitz-James, le baron Arthur Schickler, le comte Rœderer, le marquis de Lauriston, le prince Murat, le prince d'Arenberg, le duc de Fezensac et le baron Gustave de Rothschild.

Quant aux membres adjoints, ce sont : MM. Paul de Salverte, général de Lignières, de Vanteaux, le comte Gustave de Juigné, le comte de Berteux, le comte Florian de Kergorlay, le comte Louis de Turenne, le duc de la Force, le comte Costa de Beauregard, le baron d'Hélie, le comte de Lastours, le comte Antoine de Gontaut, le comte Foy, le comte de Ludre et le baron de Brimont.

Trois commissaires sont désignés par le comité et choisis parmi ses membres pour exercer son autorité et remplir, par délégation, ses fonctions sur les champs de courses, notamment en ce qui concerne les rapports avec le public. En outre, MM. d'Hédouville et Mackenzie-Grieves, sont chargés le premier de la surveillance du terrain de courses de Chantilly et le second de celui de Paris.

Autrefois, le *starter* (celui qui donne le signal des départs) et les juges étaient pris parmi les commissaires. M. de La Rochette a exercé pendant de longues années les fonctions de *starter*, le comte Hocquart du Turlot celles de juge qui, après sa mort, échurent à MM. de Kergorlay et de Fezensac. Mais, depuis deux ou trois ans, on a trouvé plus pratique de remplacer ces messieurs par des fonctionnaires rétribués pris en dehors de la Société. Le juge est présentement, si je ne me trompe, un colonel d'artillerie retraité, qui, après quelques tâtonnements inévitables au début, s'acquitte à merveille de sa tâche.

Une des originalités du comité des courses,

c'est qu'il n'a pas de président — quel mauvais exemple pour les politiciens ! — Jusqu'en 1853, il n'y avait qu'un seul président pour le cercle et pour la société, c'est-à-dire que le président du Jockey-Club était toujours en même temps celui des courses. A cette date, les deux charges furent séparées. Le marquis de Biron fut placé à la tête du club et le vicomte Paul Daru nommé président du comité des courses, Après sa mort, il ne fut pas remplacé et il ne l'a jamais été depuis — du moins nominalement, car le baron de la Rochette qui vient de mourir universellement regretté, était président de fait et pouvait à bon droit être considéré comme le vrai directeur de l'affaire. Il y consacrait, en tout cas, toute son infatigable activité et des aptitudes d'administrateur de premier ordre. Les pointus lui reprochaient d'être un peu autoritaire. En quoi ils avaient grandement tort, vu que ce petit travers du baron a été, en maintes circonstances, au moins aussi utile à la Société que ses éminentes qualités.

Au surplus, les capacités n'ont jamais fait défaut à la Société d'encouragement ; et c'est peut-être là le véritable secret de sa rare for-

tune. Il suffit de parcourir la liste des membres
du comité pour être frappé de la quantité
d'hommes intelligents, compétents, capables
et actifs qui y figurent. On y voit moins bien,
par exemple, comment le niveau se maintien-
dra dans l'avenir, les nouvelles couches
de sportsmen paraissant moins riches en
spécialistes de haute volée que les anciennes.

SES LIENS AVEC LE JOCKEY-CLUB

Je l'ai déjà dit, la Société d'encouragement
et le Jockey-Club ne font qu'un, en ce sens
que l'on ne peut faire partie de la première
sans appartenir en même temps à l'autre, et
vice versa. De plus le comité des courses est
tenu de choisir ses membres uniquement et
exclusivement dans le club, et il n'existe
qu'un local pour les deux. Bref, il y a connexité
complète, bien mieux, identité absolue. L'une
ne se conçoit pas et ne pourrait guère exis-
ter sans l'autre. Et pourtant, chose curieuse,
les deux administrations sont entièrement
séparées. Le budget de la Société n'a rien à
faire avec le budget du Club. Les deux co-
mités sont complètement indépendants l'un

de l'autre et fonctionnent séparément. Les
fonds de la Société n'interviennent en rien
et pour rien — si ce n'est à titre de location et
de redevances fixes — dans les dépenses du
cercle. Les cotisations sont absolument distinctes. C'est un état de choses, en apparence, compliqué, en réalité très simple et
très rationnel, qui dans la pratique fonctionne le mieux du monde et pour le plus
grand bien de tous.

Du reste, la Société d'encouragement
n'avait été constituée au début, au point de
vue administratif et financier, que sur des
bases assez élastiques et ce n'est que depuis
deux ou trois ans qu'elle a été réformée en
société civile avec des assises plus solides et
dans des conditions mieux déterminées. Ce
qui ne l'a pas empêchée de vivre pendant
plus de cinquante ans sur son organisation
primitive et d'accomplir, en s'enrichissant
toujours, une œuvre considérable. N'est-ce
pas le cas où jamais d'appliquer le vieil adage
qui dit avec raison : tant vaut l'homme, tant
vaut la chose?

LE JOCKEY-CLUB

S'il est à Paris une réunion d'hommes dont on s'occupe, dont on parle, dont on dit du bien, dont on médit, que l'on vante ou que l'on critique selon l'humeur et les idées de chacun, que l'on discute et que l'on juge un peu à tort et à travers sur des données et des doctrines presque toujours fantaisistes et souvent erronées, c'est assurément l'élégante coterie qui a nom le Jockey-Club.

Les trois quarts des réputations et des opinions qui courent les rues reposent, chez nous, sur des légendes. Dès que quelqu'un ou quelque chose est assez en vue pour occuper les badauds et sort, à un titre quelconque, suffisamment de la médiocrité pour que le public se mêle de l'apprécier, il se forme, au bout d'un certain temps, autour de cette personne ou de cette chose un ensemble de théories et de croyances, où le vrai se mélange au faux, le sérieux au grotesque, qui voltigent dans l'espace, se communiquent des uns aux autres, se propagent avec une incroyable rapidité et finissent par être acceptées par la foule comme articles de foi.

C'est assez dire que le Jockey-Club a, lui aussi, sa légende, parfois bien amusante à entendre raconter pour qui connaît l'histoire, et que les appréciations et les racontars qui circulent sur son compte sont loin de répondre toujours à la réalité des faits. Que n'a-t-on pas imaginé sur la fortune, la position sociale, les mœurs, les habitudes, les opinions politiques de ses membres et sur les tendances du Cercle? Quels romans, quels contes des Mille et une Nuits n'a-t-on pas fait circuler dans les familles sur les parties fines, bien mieux, les orgies auxquelles ces Messieurs étaient censés se livrer sans désemparer dans leur repaire? Il faut en rabattre de tous ces lieux-communs.

La vérité est que le club fondé, comme on sait, en 1834, par les premiers membres de la Société d'encouragement devait être, dans leur pensée, et fut en effet — en dehors de son but sportique, naturellement le principal — une association d'hommes élégants et distingués, appartenant à toutes les hautes classes de la société, sans distinction d'origine, de coteries ni d'opinions politiques. Ce fut, pendant tout le règne de Louis-Philippe, un terrain neutre où se rencontraient et se rapprochaient le faubourg Saint-Germain, le faubourg Saint-Honoré, quartier de prédilection de la grande noblesse de l'empire, et la Chaussée-d'Antin, c'est-à-dire la haute finance. On y voyait, à cette époque, vivre côte à côte et dans la plus étroite intimité, des légitimistes ultras et des libéraux à tous crins, des personnalités très tranchées de l'ancienne aristocratie de naissance et des coryphées du brillant monde bourgeois éclos en 1830, sans que jamais une discussion, un manque d'égards ou un procédé désagréable s'ensuivit. Notez bien qu'Eugène Sue en était un des plus beaux ornements et que, pendant longtemps, il n'y parut nullement déplacé.

Jusque vers la fin du second empire, l'esprit du Jockey-Club se maintint dans ces traditions, qui présidaient aux admissions des membres nouveaux. A ce moment, la politique y pénétra par instants et y provoqua même des cabales, mais sans modifier sensiblement les dispositions générales du cercle. Et même aujourd'hui où un vent d'exclusivisme semble avoir soufflé sur la corporation et où il existe, chez bon nombre de ceux qui en sont, une tendance très marquée à se recruter de préférence dans un milieu social déterminé et restreint, au détriment de l'élégance et du genre de vie, qui autrefois pesaient du plus grand poids dans la balance, même aujourd'hui, disons-nous, c'est encore l'éclectisme et les idées larges qui dominent. Quant aux balivernes qui se colportent sur l'existence abracadabrante du club, nous verrons tout à l'heure ce qu'il faut en penser,

Le développement du Jockey-Club a suivi le même cours et a passé par les mêmes phases — cela va de soi — que celui de la Société d'encouragement. Installé, tout d'abord, rue du Helder, avec un modeste loyer de deux mille cinq cents francs, il se transporte, en 1838, au coin de la rue Drouot et du boulevard Montmartre dans un appartement de douze mille francs par an. En 1857, le Cercle s'établit au coin de la rue de Grammont et du boulevard, dans le local occupé actuellement par le cercle des chemins de fer ; le loyer était de soixante-dix mille francs. Enfin, en 1863, il prend possession du vaste local de la rue Scribe, avec un loyer annuel de cent vingt mille francs ; et il commence à s'y trouver à l'étroit. On parle d'agrandissements, de nouveaux déplacements, qui sait même, de l'acquisition d'un immeuble.

SA COMPOSITION

En 1889, le Jockey-Club est, comme par le passé, le plus en vue et le plus recherché des grands clubs. C'est certainement celui où il est le plus difficile d'être admis — surtout lorsqu'on a des antécédents à Paris et que l'on commence à y être discuté. Il se compose, outre les sommités hippiques, à de rares exceptions près, d'hommes appartenant au dessus du panier du monde parisien, comme situation, comme honorabilité et comme chic, et, pour en franchir les portes, il est indispensable d'être, par soi-même ou par ses atttaches, *quelqu'un* ou *quelque*

chose. Depuis quelques années, l'élément
très jeune y a pris une très grande extension.
Donc, les militaires y sont en nombre, consi-
dérés et influents; Peu de financiers : trois
Rothschild, et l'on ne paraît guère d'humeur
— on l'a montré récemment — à en accueillir
davantage. Un Pillet-Will, deux Mallet,
cinq Hottinguer, et c'est tout. Pas d'avocats
ni de médecins. Pas non plus d'artistes de
profession., Trois souverains étrangers : le
roi des Pays-Bas, le roi des Belges et le roi
de Serbie. Deux futurs souverains : le prince
de Galles et le prince royal de Danemark.
Un prince du sang : le duc de Leuchtenberg.
Aucune Altesse française. Un ancien président de la République (Mac-Mahon). Des
anciens ministres, des généraux, des diplomates, des hommes politiques, deux ou trois
grands industriels, quelques rares magistrats
du Conseil d'Etat et de la Cour des comptes,
des amiraux, des anciens préfets et des oisifs
en quantité.

Les membres du cercle sont permanents,
temporaires ou honoraires. Tout étranger
doit commencer par être membre temporaire
pendant trois mois. C'est un stage redoutable

au cours duquel on vous épluche un homme
souvent avec plus d'attention que de bienveillance et dont il est très flatteur, mais très
difficile de sortir triomphant. L'épreuve ne
réussit pas à tout le monde, et il arrive à
quelques innocentes victimes, après ces trois
mois de noviciat, de rester sur le carreau.
C'est dur! Quant aux membres honoraires,
ce sont ceux qui, s'absentant de France pour
une année au moins, ne paient qu'une cotisation réduite. En ce moment-ci, ils sont,
je crois, une quarantaine, plus douze temporaires environ et près de neuf cents
permanents. Un joli chiffre, comme on
voit.

L'admission a lieu au scrutin secret. Une
boule noire sur six suffit pour faire refuser le
candidat. Rien d'étonnant, par conséqnent
que, parmi les appelés, il y ait si peu d'élus.
Qui peut se vanter de ne pas déplaire à une
personne sur six? Il faut presque être un
saint ou un personnage tellement inconnu
qu'on vous accepte de confiance sur l'étiquette
et sur la foi de vos parrains. Aussi, plus on
est jeune, moins on a fait parler de soi, et
plus on a de chances, lorsqu'on appartient à

un certain monde, d'être accepté d'emblée
par ces Messieurs.

SON ORGANISATION

La direction et l'administration du cercle
sont confiées à un comité élu, chaque année,
au scrutin de liste et dans lequel le suffrage
universel choisit un président et quatre vice-
présidents ; les uns et les autres indéfiniment
rééligibles.

Le choix du président est une grosse
affaire. Ce doit être un personnage considérable, ayant une haute situation sociale, assez
conciliant et assez souple pour n'éveiller
aucune susceptibilité et, autant que possible,
d'opinions politiques très modérées, voire
même incolores, de façon à ne présenter un
caractère agressif vis-à-vis d'aucun parti et
à ne froisser ouvertement aucune conviction.
Le président actuel, M. le duc de Doudeauville, ne remplit peut-être pas complètement
cette dernière condition. Mais l'aménité de
son caractère, la tolérance de son esprit et
l'affabilité de ses manières suppléent à ce qui
peut lui manquer de ce côté.

10.

Les quatre vice-présidents sont : MM. le prince d'Arenberg, le comte de Montesquiou et le marquis de Châteaurenard.

Le comité se compose de : MM. le général de Berckheim, le comte de Bernis, le baron de Berthois, de la Bretonnière, de Bryas, Jules Delamarre, le comte d'Epremesnil, le duc de Fezensac, le duc de Fitz-James, le général comte Friant, Alcée Gibert, Rodolphe Hottinguer, le marquis de Lauriston, Auguste Lupin, le marquis de Juigné, le vicomte du Martroy, le comte de Mosbourg, le marquis de Nédonchel, le comte d'Orglandes. Arthur O'Connor, le vicomte de la Panouse, le comte Pillet-Will, le comte de Saint-Priest, Edgar Pommereau et le comte Arthur de Vogué.

Il délègue son autorité, pour les affaires courantes, à un sous-comité, pris dans son sein, sorte de pouvoir exécutif, chargé de l'application du règlement et de la surveillance du service journalier. Les membres du sous-comité sont : MM. de Berthois, Gibert et le duc de Fitz-James.

Il n'y a eu, depuis la fondation, que cinq présidents, y compris le duc de Doudeauville, parmi lesquels les trois premiers ont été, à la fois, présidents du Club et du comité des courses. Le premier, lord Seymour, a exercé ces fonctions de 1834 à 1836; le second, le prince de Moskowa, de 1836 à 1849; le troisième, le comte Delamarre, de 1849 à 1853; le quatrième, le marquis de Biron, de 1853 à 1883; et le cinquième, M. le duc de Doudeauville, a été nommé en 1884, après une vacance plus longue que de coutume, l'accord n'ayant pu se faire immédiatement sur son nom.

Le Jockey-Club marche avec un budget annuel de quatre cent cinquante mille francs, toujours parfaitement équilibré. Il est dans une situation des plus prospères, grâce au nombre de ses membres, et aux chiffres de l'entrée et de la cotisation, qui sont, de beaucoup, les plus élevés de Paris.

COMMENT ON Y VIT

Ce qui caractérise le cercle de la rue Scribe, au point de vue de l'existence qu'on y mène et ce qui n'a pas peu contribué à le mettre au premier rang, ce sont les traditions d'élégance et de confortable qui y ont été soigneusement maintenues. Un mobilier aussi luxueux que de bon goût, sobre et magnifique en même temps, une argenterie somptueuse, des livrées irréprochables, un service exceptionnellement bien fait et comme il faut et, par dessus tout, un cachet unique de distinction et de bon ton, en ont fait la mieux tenue et la plus cossue des grandes maisons bien plutôt qu'un phalanstère de garçons. Il n'est pas un club à Paris, en dehors de celui-là, où l'on trouve de telles ressources et de telles allures.

Le jeu n'y a qu'une importance très secondaire, en ce sens qu'il n'y existe pas, qu'il n'y a jamais existé, de partie de baccarat installée à poste fixe. A la vérité, le diable n'y perd pas tout, car on y joue les jeux de commerce et surtout le whist assez cher (un louis la fiche et cinq louis de pari en dehors). Mais qu'est-ce que cela en comparaison des différences qui se font aux jeux de hasard?... En revanche, on y cause beaucoup et, ma foi, souvent avec esprit, de toutes sortes de choses et sur les sujets les plus variés, sauf dans le *Salon du Sport*, réservé aux lumières du comité de la Société d'encouragement et où la conversation hippique est de rigueur C'est pourquoi les profanes, à l'exception de ceux qui sont à la recherche d'un bon *tuyau*, s'abstiennent généralement d'y entrer et, surtout, d'y séjourner. Le centre de la causerie pour le commun des mortels est la grande rotonde du milieu, appelée le *camp de Châlons*, parce qu'elle était jadis le rendez-vous habituel du clan des vieux généraux et de leurs intimes.

Le Jockey est un des Clubs de Paris où il y a le plus de dîneurs — une quarantaine par jour en moyenne. — On se case par petites tables à sa convenance et au hasard. Seuls, les grands premiers rôles du sport ont une table à part, réservée pour eux de fondation et à laquelle aucun intrus ne se permet de s'asseoir. Ce serait très mal vu.

Les habitudes du cercle, au total, sont actuellement d'un grand calme. A deux heures du matin, les lampes sont presque toujours éteintes et les salons vides. Une de ses particularités consiste dans ce fait qu'il est hermétiquement et rigoureusement fermé. Nul, s'il n'en fait partie, ne peut en aucun

temps et sous aucun prétexte, ni y être
invité à dîner ni même en franchir le seuil.
Et, si d'aventure, il arrive qu'on ait besoin
de parler à l'un de ses membres, on est reçu,
comme au couvent, dans une pièce séparée.
placée à mi-rampe de l'escalier monumental en marbre blanc, très sombre,
très exiguë, entre parenthèses, et contras-
tant d'une façon assez choquante avec les
splendeurs qui l'environnent. C'est là une de
ces lacunes qu'il serait facile de combler et à
laquelle, assure-t-on, il sera remédié pro-
chainement.

LA GRANDE VILLÉGIATURE

LA GRANDE VILLÉGIATURE

Elle est bien loin d'approcher chez nous, il faut le reconnaître, du grand confortable et des splendeurs incomparables de l'aristocratique Angleterre. La vie anglaise, avec tout son luxe cossu, le train de maison princier qu'elle comporte, les relations agréables qu'elle entraîne et la variété de sports qui en font le charme principal, se déroule presque tout entière dans les châteaux. La *season* de Londres n'est qu'un brillant épisode, d'ailleurs de courte durée ; et ce n'est pas par là assurément que l'on peut se faire une idée exacte de l'existence sociale et des habitudes intimes de nos voisins d'outre-Manche.

En France, au contraire, même dans les
régions élevées du *high life*, la campagne
n'est plus guère, de nos jours, qu'un lieu de
vacances et de repos où l'on se retire, généralement, pendant quelques mois, pour s'iso-
ler, pour se recueillir et, souvent aussi, pour
faire des économies. Sans parler des affreuses
bicoques, dont les hôtes vivent dans une
promiscuité toute patriarcale avec les poules
et les dindons et que, dans certaines contrées, on décore pompeusement d'un nom
qui ne devrait s'appliquer qu'aux habitations
vraiment seigneuriales, il est certain que
nous comprenons très mal la vie de château.
D'abord, le nombre des fortunes françaises
réellement en rapport avec les exigences de
la grande villégiature, telle qu'on la conçoit
et la pratique en Angleterre, est excessive-
ment restreint. Ensuite, ni notre état social,
ni notre tempérament, ni notre caractère, ni
nos goûts, ne nous y disposent.

Mais, ces réserves faites, il n'en est pas
moins vrai que ce genre d'existence a conservé dans notre pays, à travers ses boule-
versements successifs, une vitalité relative.
Depuis la chute de l'empire notamment, les

terres, plus habitées, ont repris une certaine animation et il est curieux de constater le nombre important de châteaux, dignes de ce nom, où les propriétaires, installés d'une façon plus suivie et plus régulière que par le passé, exercent une hospitalité aussi élégante que grandiose.

EN SEINE-ET-MARNE

C'est surtout aux environs de Paris et dans un rayon très rapproché de la capitale que se trouve le véritable centre de ce qu'on peut appeler la vie de château. Le département de Seine-et-Marne en particulier est un coin privilégié où sont réunis, comme dans un vaste écrin, les plus belles résidences, les chasses les plus giboyeuses et les parcs les plus splendides. Ailleurs, sans doute, il existe des demeures aussi somptueuses, auxquelles se rattachent des souvenirs historiques aussi précieux, si ce n'est plus. Mais elles n'ont pas au même degré l'animation, l'entrain, le luxe et la recherche qui donnent du prix et du relief à celles des alentours de Paris.

Quoi de plus éblouissant que Ferrières,
appartenant, comme on sait, au baron de
Rothschild? Ce n'est pas qu'il faille admirer
outre mesure le style architectural du château. Il est même lourd et peu gracieux.
Mais quelles splendeurs intérieures! Quel
amoncellement de trésors artistiques! Quel
merveilleux assemblage de toutes les richesses
de la curiosité et du bibelot, avec le confortable moderne! Quelle élégance et quel
soin dans l'ameublement de la plus insignifiante des chambres d'amis!

Ferrières n'est pas seulement une rési-
dence princière, c'est un véritable musée
qu'envieraient bien des Etats de second
ordre. C'est dans ce palais des *Mille et une
nuits*, où sont venues tant de têtes couronnées, et où un bureau télégraphique spécial apporte à chaque heure du jour des
nouvelles souvent ignorées des chancelle-
ries elles-mêmes, que feu le baron James
de Rothschild donnait un libre cours à son
esprit original et même un peu brutal. C'est
là qu'il se plaisait à causer familièrement
avec ses intimes et qu'il laissait volontiers
échapper ces boutades humoristiques qui

ont contribué au moins autant que ses millions à sa célébrité.

Tous ceux qui ont visité le parc de Ferrières savent qu'il est admirablement dessiné, vaste, superbe, ombragé, tenu avec une rare perfection et pouvant rivaliser avec ceux du monde entier.

Mais ce sont surtout les serres et les volières, à rendre jaloux le Jardin d'Acclimatation, qui charment et captivent l'attention.

Quant à la chasse, tout ce qu'on en peut dire, c'est qu'elle est certainement la plus belle de France.

Le baron et la baronne de Rothschild n'invitent guère leurs amis à demeure, — sauf quelques rares intimes, — pendant la saison de Ferrières, qui dure autant que celle de la chasse. Le baron étant dans la semaine retenu à Paris par les affaires, la baronne habite seule le château. Les réceptions ont lieu, en général, le dimanche, et se bornent à une grande chasse suivie d'un dîner, après lequel le dernier train du soir ramène presque toujours les invités à Paris.

Vient ensuite Vaux-Praslins, cette merveille du siècle dernier; ce palais magni-

fique, trop magnifique hélas! du surintendant Fouquet, qui donna de l'ombrage au
Roi-Soleil et coûta la vie à son premier
maître.

Soigneusement entretenu par le duc actuel de Praslins, qui y a dépensé des sommes
considérables, Vaux a été acheté, il y a
quelques années, par M. Sommier, le grand
industriel bien connu. Le nouveau propriétaire, qui a autant d'esprit et de goût que de
fortune, — et ce n'est certes pas peu dire, —
non content de rétablir l'habitation dans son
ancienne splendeur et d'y entasser, avec
infiniment d'art, de discernement et de mesure, toutes les richesses imaginables de la
décoration et de l'ameublement, s'est encore
appliqué à remettre le parc dans l'état où il
était au temps du célèbre surintendant. Et il
y a complètement réussi.

Aussi est-il difficile de concevoir quelque
chose de plus beau et de plus complet que
les réceptions organisées par M. et madame
Sommier. Ils aiment, du reste, à recevoir,
et les séries d'invités se succèdent les unes
aux autres chez eux presque sans interruption, principalement à l'époque de la chasse.

Après Vaux, Sainte-Assise, près Melun,
au jeune prince de Beauvau ; La Rochette,
au baron de La Rochette, le sportsman émérite ; Guermantes, au baron de Lareinty ;
Bois-Boudran, à M. Greffulhe, dont les deux
gendres, le prince d'Arenberg et le comte
Robert de l'Aigle, sont des chasseurs infati-
gables ; Presles, au marquis de Jaucourt.
Enfin, Courance, à M. de Haber, beau-père
de M. de Kerjégu. C'est une lugubre histoire
que celle de ce château de Courance, abandonné pendant si longtemps à la suite d'une
ténébreuse affaire qui plongea dans l'afflic-
tion une noble famille ! Mais passons...

Sans oublier, pourtant, avant de quitter le
département de Seine-et-Marne, le splendide
château de Gros-Bois, institué en majorat
par Napoléon Ier en faveur de la famille Ber-
thier.

DANS L'OISE

La perle de l'Oise est, sans contredit, le
château de Mouchy. Fièrement campé sur
un mamelon assez élevé, qui domine toute la

vallée, et se reflétant mélancoliquement dans les eaux limpides d'un étang, ce vieux manoir à tourelles et à clochetons, admirablement restauré, mais de forme irrégulière et accidentée, vous a un aspect à la fois fantastique et élégant de l'effet le plus agréable et le plus saisissant.

L'architecture est du seizième siècle, à l'exception d'une tour du temps de Louis-le-Gros, qui est reliée au reste de la construction par un cloître fermé de glaces ; véritable chef-d'œuvre de goût architectural et de confort. Dans cette tour est la bibliothèque, tapissée de livres du haut en bas et remarquable surtout par les manuscrits précieux qu'elle renferme.

Les souvenirs historiques, les objets d'art, les portraits d'ancêtres y fourmillent. Le salon et les appartements en sont encombrés. Une superbe statue de Pajou représentant la duchesse de Mouchy née Laborde et un coffret à colonnettes en cristal de Bohême venant de Jeanne d'Albert doivent être mentionnés en première ligne parmi les choses les plus curieuses et les plus saillantes.

Mouchy a été des plus brillants, des plus

animés et des plus mondains. Personne n'a oublié, entr'autres, la représentation mémorable des *Cascades de Mouchy*, œuvre du spirituel marquis de Massa, à laquelle toute la société parisienne était conviée et qui eut un si grand succès. Présentement, la vie y est plus calme. Les maîtres de la maison, toujours très hospitaliers et très aimables, paraissent avoir renoncé aux grandes réunions et se bornent à recevoir leur intimité, d'ailleurs assez nombreuse et assez choisie pour ajouter au charme du séjour.

Détail singulier : le duc n'aime pas la chasse et néglige volontairement d'entretenir le gibier dans sa belle et vaste propriété qui, pourtant, se prêterait à ravir à ce genre de sport.

Non loin de Mouchy se trouve le château de Mello, terre de famille des Seillière, habité aujourd'hui, presque toute l'année, par le baron François Seillière, frère cadet de madame la princesse de Sagan et gendre du général de Galliffet.

11.

EN SEINE-ET-OISE, — EN EURE-ET-LOIR

Si, maintenant, nous passons en Seine-et-Oise, nous y trouvons Franconville, au duc de Massa; reproduction exacte du château de Maisons-Laffitte, que tout le monde connaît. Rien de plus beau, de plus grandiose, de mieux installé que cette demeure vraiment princière, où le duc, musicien consommé, comme vous savez, et compositeur de talent, se plaît à faire entendre ses œuvres à un auditoire choisi. Tous les ans, plusieurs séries d'invités sont, à tour de rôle, les hôtes du duc, et tout récemment, on s'en souvient, il a donné une fête champêtre, suivie d'un dîner de quatre-vingts couverts et d'un feu d'artifice mirobolant, qui a fait grand bruit dans le monde élégant.

Puis, Champlâtreux, au duc de Noailles, bâti au dix-septième siècle par le président Molé, froid, sévère, régulier, solennel, entouré d'arbres séculaires, orné, non seulement de portraits, mais de tableaux d'histoire où figurent les illustrations de la famille.

En Eure-et-Loir, d'abord, le château historique de Maintenon, aussi au duc de Noailles, remontant à Philippe-Auguste, embelli par Louis XIV pour madame de Maintenon et renfermant la chambre du grand roi, telle qu'elle était de son vivant, avec son portrait peint par Mignard.

Ensuite, la Gaudinière, appartenant au duc de Doudeauville et célèbre dans les annales mondaines par les réceptions fastueuses de feu le frère aîné du duc actuel dans les dernières années du second empire.

DANS LE LOIRET

Ici, nous apercevons en première ligne la terre de La Forêt, propriété de la famille de Castries et habitée par le maréchal de Mac-Mahon, qui, on ne l'ignore pas, est le gendre de madame la comtesse de Castries.

Ce domaine a été donné par saint Louis à la maison de Machault, qui l'a conservé jusqu'au moment où le grand-père de la maréchale de Mac-Mahon en a fait l'acquisition.

L'habitation en elle-même n'a rien de grandiose. C'est un mélange de vieille gentilhommière et de *cottage* anglais, tout couvert de lierre, sans prétention au style ni à la magnificence. Toutefois la maréchale y a fait, depuis quelques années, des agrandissements et des embellissements. Le duc de Magenta, lui, ne s'occupe pas de ces détails; le côté matériel de l'existence ne le préoccupe nullement, et il s'est contenté d'aménager aux alentours du château de magnifiques tirés, dans lesquels il se livre avec passion, en compagnie de quelques fidèles amis, à son plaisir favori, la chasse.

A peu de distance de La Forêt, s'élève le château de Sully, au comte de Béthune, qui compte parmi les personnages illustres de sa famille le grand Sully, ministre de Henri IV. Il est fils d'une Montmorency et a hérité du fait de son oncle maternel d'une immense fortune et de la terre qu'il habite actuellement. M. de Béthune est un vrai gentilhomme campagnard, vivant continuellement sur ses propriétés, chassant à tir et à courre. Son équipage de vénerie est un des plus beaux de France et ses bois foisonnent de gibier.

Dans le Loiret encore et dans les environs

de La Forêt, Saint-Eusoge, au comte Bernard d'Harcourt, cousin-germain de la maréchale de Mac-Mahon et frère de l'ancien secrétaire de la présidence, récemment marié avec la duchesse de Castries.

LES

GRANDS ÉQUIPAGES DE VÉNERIE

GRANDS ÉQUIPAGES DE VÉNERIE

Bien des gens, parmi les moins sceptiques, se demandent si réellement la chasse à courre existe encore en France avec assez de consistance pour être prise au sérieux, et si elle a des racines assez profondes, des assises assez solides pour mériter l'importance que quelques-uns veulent lui donner. Le plus grand nombre — et je parle ici de la masse du public — n'est pas éloigné de penser qu'il faut la ranger désormais au nombre de ces coutumes aristocratiques un peu démodées qui, comme tant d'autres épaves de la vieille société française, ont été emportées par le vent de la démocratie égalitaire. Est-ce absolument vrai ? Je ne le crois pas.

A mon avis, au contraire, la chasse à courre, sport éminemment français, est une des rares choses qui aient survécu à l'effondrement des anciens usages ; et bien que très amoindrie, bien que rendue plus difficile par une foule de raisons qui sont dans l'esprit de tout le monde et sur lesquelles il est inutile d'insister, elle n'a point cessé d'être relativement florissante parmi nous. Dans aucun autre pays d'Europe elle ne l'est au même degré ; et cela se conçoit du reste si l'on songe que tous les rois de France — ou du moins presque tous — et avec eux la grande majorité de la noblesse, s'y sont adonnés avec passion et en ont soigneusement maintenu la tradition. Après Charles X, veneur consommé, cette tradition a été reprise par Napoléon III, et de nos jours, le duc d'Aumale, quoique absorbé par des occupations plus sérieuses, avait cru devoir aux mânes de Condé d'installer à Chantilly un magnifique équipage.

Quelques fanatiques ont poussé l'enthousiasme jusqu'à dire que la chasse à courre était l'image de la guerre tandis que les grincheux prétendent que ce n'est, au fond qu'un reste de barbarie, la guerre moins le danger, moins le mobile élevé et le but chevaleresque, c'est-à-dire moins ce qui l'ennoblit et la justifie.

La vérité est, qu'en France, par la façon dont on la pratique, par les complications qu'elle présente, par le nombre et la variéte des animaux, elle a atteint les hauteurs d'un art dont l'application exige des aptitudes spéciales, certaines connaissances fondamentales et une longue expérience. Un bon maître d'équipage ne s'improvise point du jour au lendemain. Ce dont je ne jurerais pas, par exemple, c'est qu'à l'époque actuelle, la mode, le chic, la manie du bruit et de la réclame, qui ont pris une si grande place dans les préoccupations des gens du monde, ne soient pas pour beaucoup plus dans l'ardeur infatigable de bon nombre de jeunes seigneurs que la passion de la chasse et le goût sincère du sport. J'inclinerais même à croire que, pour quelque-uns d'entr'eux, ce n'est là qu'une élégance, comme on dit vulgairement, une *pose* et une manière comme une autre de tuer le temps. Mais les causes importent peu. Je n'ai à m'occuper que des effets.

En Angleterre, c'est très différent. Il existe chez nos voisins un grand nombre de meutes (*packs*) ; mais il ne s'agit de l'autre côté du détroit que de courre un seul animal : le renard qui, n'opposant aux chiens que la vitesse, ne nécessite de la part des chasseurs presque aucune science. Dans le *fox-hunting*, point de ruses, point de détours, comme en présentent le cerf et, surtout, le chevreuil. Pour les Anglais, le sport consiste à peu près uniquement à parcourir à grand train, en suivant des chiens, un espace coupé d'obstacles. C'est de l'équitation hardie, du *steeple* plutôt que de la chasse, et l'animal n'est qu'un prétexte au lieu d'être un but.

D'ailleurs, notre supériorité en matière de laisser-courre n'est point contestée en Angleterre même. Le duc de Beaufort, entr'autres, lui a rendu hommage dans les termes les plus flatteurs, lorsqu'il vint en Poitou avec son *pack* de *fox-hounds* pour tenter la prise d'un vieux loup que naturellement il ne prit pas. Cet essai infructueux fit rire

dans leur barbe les vieux chasseurs de
loups. Ils savaient bien que, s'il est facile
d'avoir raison d'un louvard de l'année, il n'y
a pas d'exemple — à une ou deux exceptions
près — qu'un vieux loup ait été forcé.....

Ce que l'on peut dire c'est que, pour les
Anglais, le sport de la chasse à courre tel
qu'ils le comprennent, et si imparfait.
qu'il puisse être au point de vue de l'art,
est bien plus que pour nous un besoin et
une véritable passion. Sans doute, chez eux
comme chez nous, il fait partie de la haute-
vie et il est un des éléments les plus importants de la *fashion*. Seulement, eux, par
tempérament, par caractère, par goût, et
par haditude, ils sont infiniment plus portés
que nous à tous les genres de sports et
à celui-là en particulier. J'imagine qu'en
France une foule de gens ne chassent à courre
que parce que c'est bon genre, tandis qu'en
Angleterre — où l'on est terriblement *snob*
pourtant — le *fox-hunting* pourrait cesser
d'être à la mode sans que les sportsmen,
c'est-à-dire plus de la moitié de ceux qui
ont de quoi acheter et nourrir un cheval,
eussent un seul instant l'idée d'y renoncer.

AUX ENVIRONS DE PARIS

En dehors des meutes princières — celle du duc d'Aumale et celle du prince de Joinville — que la hideuse politique a rendues muettes et qui sont, pour le moment, à l'état de souvenir, il y a aux environs de Paris plusieurs équipages marquants se livrant à des *déduits* divers.

D'abord à Compiègne, les deux équipages du marquis de l'Aigle. L'un est spécialement destiné au cerf et chasse dans la forêt de Laigues; il se compose de chiens anglo-saxons donnant beaucoup de voix. L'autre, qui chasse dans la forêt de Compiègne, est un vautrait uniquement découplé sur le sanglier.

On n'en finirait pas d'énumérer les exploits de cette double meute. Le nom des de l'Aigle est inscrit sur toutes les pages du livre d'or de la vénerie française et, dans cette famille, la passion de la chasse se transmet de père en fils comme la beauté et le charme se communiquent des mères aux filles.

Un usage très particulier, qui existe de temps immémorial dans la maison de l'Aigle, n'a pas peu contribué à y maintenir la tradition et le goût de la vénerie. Il consiste à tenir un livre, sorte de registre de procès-verbaux, sur lequel sont inscrites régulièrement toutes les chasses avec le compte rendu détaillé de tout ce qui s'y est passé. Le soir, après dîner, lorsque tout le monde est réuni autour de la grande cheminée du salon, la châtelaine prend la plume et écrit, sous la dictée du veneur fatigué, l'histoire de la journée. Rien de plus intéressant et de plus utile que cette coutume qui permet aux chasseurs de se tenir au courant de tous les changements survenus et de tous les progrès réalisés dans l'art du laisser-courre. C'est ainsi, par exemple, que, pour le sanglier, les choses se passent tout autrement de nos jours que du temps de nos pères. Il y a cinquante ans à peine, les sangliers, d'après les chroniques, ne tombaient au pouvoir des chasseurs qu'après avoir reçus une ou plusieurs balles, tandis que maintenant, grâce au fond, à l'*endurance* des chiens anglais exclusivement employés dans ce genre de chasse, les animaux sont portés bas par les chiens sans le secours de la carabine.

A Fontainebleau, la vénerie impériale dont on se rappelle encore les brillants rendez-vous, avait été remplacée par le splendide équipage de M. Aguado qui, pendant plusieurs années, a continué les magnificences inaugurées sous l'empire par le prince de la Moskowa et le baron Lambert. Actuellement, c'est M. Ephrussi, à qui viennent se joindre, parfois, les équipages de MM. de Gramont et Greffulhe — ce dernier pour le sanglier — qui est le dernier locataire de la forêt. Chasses toujours très animées et très élégantes. Grâce à la variété pittoresque du paysage et à de nombreux accidents de terrain, il y a là plus d'imprévu, plus de difficultés à vaincre, plus de péripéties à traverser et plus d'émotions, plus d'agrément que dans les autres déplacements autour de Paris. C'est un des grands charmes de l'endroit.

A Rambouillet, c'est la meute de Bonnelles, appartenant à la duchesse d'Uzès, qui chasse tous les cinq jours. Les chiens sont de pur sang et très beaux. La duchesse est infati-

gable. Elle dirige elle-même son équipage et
ne dédaigne pas de faire le bois avec son
fils. Personne ne porte avec plus de crânerie
qu'elle l'uniforme de vénerie et le classique
tricorne. Une fois par semaine, quelquefois
deux, un groupe d'invités de Paris vient
se ranger autour de cette intrépide ama-
zone, et de tous les châteaux environnants
arrivent les cavaliers et les jolies châte-
laines, les unes à cheval dans leur coquet
habit de vénerie, les autres en char à bancs
et en toilette de campagne ; sans parler d'un
escadron de fringants officiers des garnisons
voisines. La journée se passe à courir gaie-
ment sous la futaie — en flirtant peut-être
un brin — au son du cor et des fanfares ; et
le soir, après un dîner qui réunit habituellement à Bonnelles les intimes de la maison,
chacun regagne ses pénates.

Très suivies aussi et on ne peut plus
brillantes les chasses de la forêt d'Halatte,
près de Chantilly, où l'équipage du comte de
Vallon réunit la fine fleur des clubmen les
plus lancés et les plus en vogue.

DANS L'AISNE

Ici on trouve l'équipage de MM. de Chézelles, qui ne le cède en rien à ceux dont
nous venons de parler, Il est composé de
chiens français croisés anglais et c'est au
pack du duc de Beaufort qu'est emprunté
l'un des éléments de ce croisement.

L'équipage Chézelles chasse alternative-
ment le chevreuil et le cerf; mais c'est le
plus souvent sur le cerf qu'il est découplé.

EN NORMANDIE

En Normandie les grands équipages
abondent. En première ligne, il faut citer
ceux de MM. de Vastimesnil et d'Onsambray,
deux veneurs consommés.

La meute de ces messieurs, exclusivement
destinée au cerf, compte plus de quatre-
vingt chiens saintongeois très près du sang.
Elle chasse dans la forêt de Lyons.

Non loin de là se trouve M. le Coulteux
de Cantelou, qui s'est fait un nom en hip-
pologie. L'équipage Le Coulteux offre cette

particularité remarquable qu'il se compose
en entier de chiens appartenant à une race
française pure , dont le type, disparu en
France, a été conservé par M. Le Coulteux,
seul. Ce sont les fameux chiens de Saint-
Hubert, énormes bêtes noires avec des
taches de feu. Ces chiens se distinguent
surtout par l'obéissance, la facilité à garder
le change et la finesse du nez.

Vient ensuite l'équipage de M. de la
Broise, qui est un des meilleurs de la con-
trée. Il compte quarante-cinq chiens, tous
nés et élevés chez ce veneur. Les chiens
sont issus primitivement du croisement de
l'Anglais et du Normand. Depuis on a toujours procédé par sélection et pour éviter la
consanguinité, on s'est servi, à partir d'une
certaine époque, de lices de Virelade prove-
nant de l'équipage de M. Labadie de Mios
à l'exclusion d'*étalons* étrangers au sang
normand.

L'équipage chasse cerf, chevreuil et sanglier dans les forêts de Cérisy, Ecouve, la
Ferté-Macé et à la Mothe. Les sociétaires
de Cérisy sont fort nombreux et suivent
régulièrement la chasse.

Enfin, l'équipage de M. de Fautereau, chassant dans la forêt d'Eu; celui du comte de Valanglart à Arques; celui du comte de Boisgelin, découplé sur le cerf et admirablement bien mené; celui du marquis de Chamberay, le veneur de France qui a peut-être pris le plus de cerfs avec des chiens français; ceux de MM. du Luart, Lemoine, du Quesnay, de Boynes et beaucoup d'autres moins importants.

Il est, du reste, peu de contrées en France, où l'on trouve autant de cerfs et de sangliers qu'en Normandie. Dans le massif s'étendant depuis Lyons et Rouen jusqu'à Alençon, on prend chaque année environ deux cents cerfs.

EN BRETAGNE

Si de la Normandie nous passons en Bretagne, nous rencontrons, au milieu de beaucoup d'autres, l'équipage du baron de Lareinty, qui rivalisait autrefois avec celui du marquis de Langle. Mais depuis longtemps déjà, la célèbre meute du chevreuil du marquis est dispersée. C'est grand dommage, car il est certain que M. de Langle a dépassé en habileté et en science cynégétique les plus renommés d'entre les veneurs, et qu'il a accompli souvent ce qu'aucun autre avant lui n'était parvenu à réaliser : forcer deux chevreuils dans la même journée avec les mêmes chiens; fait prodigieux, inouï, incroyable pour tous ceux |qui savent combien il est difficile de prendre un chevreuil.

EN VENDÉE — EN ANJOU — DANS LE MAINE

DANS LE BERRY

DANS LE POITOU — DANS LE BORDELAIS

Dans la Vendée, les équipages les plus en renom sont ceux de MM. de la Débuterie et de Chabot. Ce dernier est un des meilleurs de France pour le chevreuil.

Où est le temps où l'intrépide marquis de la Rochejacquelein, celui qu'on appelait le *balafré*, se délassait par la chasse de ses glorieuses fatigues?... Ce temps paraît déjà bien éloigné, mais les forêts de la Vendée en ont gardé le souvenir.

Un autre équipage vendéen des plus réputés est celui de M. Baudry-d'Asson. C'est le pendant de celui de M. Le Coulteux et il se compose de quatre-vingts chiens vendéens purs, blancs et oranges.

En Anjou, M. de Trédérn rappelle par ses succès de fameux chasseurs de chevreuil, MM. de Danne, dont l'équipage appartient, aujourd'hui, à M. de Montsaulnin.

Le comte Camille de Rougé a également une excellente meute de chevreuil.

Le Maine possède les équipages de MM. du Luart, de Talhouët et d'Andigné.

Le Berry ceux de MM. Paul Caillard et Laurence, qui éclipsent les voisins.

Le Poitou a l'équipage de MM. de la Besge et la Touraine ceux de MM. de Puységur, chasseurs de père en fils, de Champchevrier, de Castellane et H. de Larochefoucauld.

Le Bordelais renferme aussi quelques grands équipages, en tête desquels il convient de placer celui de M. de Carayon-Latour, qui a formé une race de chiens très estimée, connue sous le nom de chiens de Virelade.

EN BOURGOGNE

Quant à la Bourgogne, qui fut autrefois un grand pays de chasse, sillonné en tous sens par les meutes des Mac-Mahon, des Foudras et, plus récemment, par celles du comte d'Osmond et de M. de Taisne, elle semble présentement un peu déchue de son ancienne splendeur.

On y trouve encore cependant quelques brillants équipages dignes en tous points de leurs devanciers, entr'autres celui du marquis de Lestrade, celui de M. de Balorre et ceux de MM. de Montholon et de Croix.

Les anciens veneurs bourguignons et leurs innombrables prouesses ont inspiré l'un des derniers romans de chasse qui aient paru : *les Veillées de Saint-Hubert* par le marquis de Foudras. Depuis, ce genre d'ouvrages a presque complètement disparu ; ce que je regrette. Il avait sa poésie, et valait certainement beaucoup mieux que les neuf dixièmes des platitudes et de gravelures sans esprit dont on nous inonde aujourd'hui.

LES COULISSES DE L'OPERA

LES COULISSES DE L'OPÉRA

AUTREFOIS

LE FOYER

C'était là-bas, dans le bon vieil opéra de
la rue Le Peletier et de joyeuse mémoire. On
y pénétrait par un couloir sombre et étroit,
où l'on ne pouvait passer qu'un à la fois, et
qui n'avait rien de féerique. On descendait
quelques marches et on entrait dans le sanctuaire.

Pas majestueux, le sanctuaire. Une salle
de proportions modestes, trop modestes
même, peut-être ; des lambris enfumés, pas
de dorures ; aucun autre ornement que les
glaces de rigueur tapissant les murs et pro-

tégées par les barres d'appui à l'aide desquelles ces demoiselles du corps de ballet
exécutaient leurs battements avant d'entrer
en scène; un aspect simple, de bon goût,
mais trop pâle, trop bourgeois, trop vieillot
pour le temple de Terpsichore et de Vénus.
Tel était le cadre.

Mais quelle animation, quel entrain, quel
mouvement, quelle incomparable élégance
dans le tableau! Quels joyeux éclats de rire,
quelle *flirtation* incessante et accentuée,
tandis qu'à la porte, se tenait impassible,
muet et respectueux, dans sa livrée vert et
or de la maison de l'Empereur, le placide et
insouciant cerbère préposé à la garde de ce
séjour enchanteur!

LE CORPS DE BALLET

Un vrai corps de ballet, avec ses divisions
bien marquées, ses règles, ses habitudes, ses
originalités, son cachet et son chic à lui. Une
institution, une corporation, un charme et un
élément de plaisir. Tout un essaim de frétil-
lantes danseuses et de jeunes filles, ayant du
jarret et des jambes, de la grâce et de la dis-

tinction, du talent souvent, de la désinvolture et de la tournure, toujours.

Elles ont grandi dans le sérail et en connaissent tous les détours. Elles ont la tradition, la démarche, le galbe, les façons de l'ancienne école française, si sobre et si comme il faut. Elles ne posent pas, elles ne font pas leur tête ; elles ont du naturel, de la gaieté, le diable au corps, mais un certain ton de bonne compagnie, de femmes habituées à ne fréquenter que des hommes du monde et à ne prendre leurs ébats amoureux qu'avec des seigneurs plus ou moins qualifiés.

Aucune de ces demoiselles ne s'avise de prendre un amant en dehors des habitués, c'est-à-dire des membres du Jockey-Club. Elle serait conspuée ; et, d'ailleurs, madame Cardinal, qui a le légitime souci de l'avenir de ses filles, ne le souffrirait point. Jugez donc, que diraient *ces messieurs !*...

Pendant l'acte qui précède le ballet, elles arrivent successivement au foyer, où les attendent déjà, le chapeau à la main et le gardénia à la boutonnière, les grands pontifes de l'abonnement et des avant-scènes. Pas une — à commencer par les étoiles — ne s'avise-

13

rait de rester à l'écart et de manquer à cette
réunion de famille, considérée comme un devoir professionnel. D'ailleurs, elles se font
une fête d'y venir. Ça les amuse énormément
et ça leur donne le prestige et la vogue qui
conduisent à la fortune...

Le foyer est, tout à la fois, leur salon, leur
champ de bataille et leur distraction. C'est
là que se font et défont les liaisons et les réputations, que s'organisent les parties de
plaisir, que se nouent les intrigues, que lut-
tent les influences, que se démolissent les petites camarades...

Voici d'abord l'escadron charmant des sept
ou huit *sujets*, les plus applaudies, les plus à
la mode et les plus courtisées. Inutile de rap-
peler leurs noms, n'est-ce pas? ils sont gra-
vés en lettres d'or dans la mémoire de tous
ceux qui ont le culte du beau, du séduisant et
du capiteux... Chacune d'elles commence par
aller donner une poignée de main et échanger
quelques compliments avec les cinq ou six
plus importants de *ces messieurs*, avec lesquels elles sont sur le pied d'une coquetterie
familière et qui daignent laisser descendre
sur elles leur haute et galante protection.

Puis, elles forment des apartés et s'en vont chuchoter dans les petits coins avec leurs amoureux en titre ou leurs attentifs du moment.

Viennent ensuite les *coryphées* et les *petites*, lutinées par les vieux abonnés, serrées de près par les plus jeunes, éparpillées sur les divans aux quatre coins de la salle; riant aux éclats, bavardant, jouant, gesticulant, gambadant, au besoin, comme des pensionnaires en récréation; croquant à belles dents les bonbons et les friandises ou examinant, avec un sourire de satisfaction, les parures et les bijoux que les fringants clubmen leur ont apportés. Il y a des jours où l'on tire des loteries pour la petite bande. Alors, ce sont des cris de joie, des farces, des plaisanteries, des coq-à-l'âne, des gauloiseries, à désopiler les plus gourmés...

Tout cela se passe en famille, entre camarades, sans prétentions, avec le sans-gêne et l'intimité de bon ton d'une coterie superlativement élégante qui se sent chez elle et qui ne redoute pas la promiscuité avec les intrus.

LES HABITUÉS

Très peu nombreux. Tous abonnés des loges ou des fauteuils d'orchestre; ce qui équivaut à dire que tous appartiennent à ce noyau privilégié d'hommes du meilleur monde qui font la pluie et le beau temps à Paris et qui, seuls ou à peu près seuls, y ont le monopole du chic et de la notoriété. Le Jockey-Club, en particulier, dont les membres occupent six ou sept avant-scènes, est en force dans les coulisses, qu'il est accoutumé à considérer comme une sorte de fief, sur lequel il a droit de haute et de basse justice. Pas un visage inconnu, pas une personnalité de provenance interlope ni d'élégance douteuse dans ce clan de viveurs ultra-raffinés.

Ils ont, du reste, des habitudes méthodiques et régulières, ces messieurs, des principes invariables dont ils ne s'écartent jamais et que nul d'entre eux n'a le droit d'ignorer ou de transgresser sans encourir un blâme et sans déchoir de son rang de grand premier rôle mondain.

Ils ne se montrent, généralement, dans

leurs loges que quelques instants avant les
danses, au moment psychologique où les bal-
lerines de marque sont sur le point de descendre au foyer ; et, après une courte apparition dans la salle, ils se transportent solen-
nellement dans les coulisses pour n'en sortir
et reprendre leurs places de spectateurs que
lorsque le rideau se lève sur le premier tableau du ballet.

Tout un poème que leur attitude pendant
le spectacle ! Ne lorgner dans la salle qu'à
la hauteur du premier et, à la rigueur, du
deuxième rang, applaudir froidement, sans
bruit, d'un geste large et majestueux en tenant les mains en l'air et seulement certains
pas et certaines pirouettes, graduer les applaudissements selon le talent réel ou de convention de la nymphe qui en est l'objet, selon
l'intérêt qu'on lui porte, le prestige qu'on entend lui donner aux yeux du vulgaire public,
ou selon qu'elle vous touche de plus ou moins
près, sont autant de devoirs qu'ils accomplis-
sent scrupuleusement avec un imperturbable
sérieux et des nuances observées avec un
ensemble, une désinvolture et une précision
admirables.

Au foyer, les choses changent d'aspect et la collectivité disparaît pour faire place aux groupes, aux individualités, à la variété des types et à une infinité de petites comédies qui se jouent autour de vous. Rien de plus curieux, de plus mouvementé et de plus drôle à observer que ces princes de la chorégraphie et... du boudoir dans l'exercice de leurs fonctions; depuis l'abonné type, qui n'ayant pas manqué un jour d'Opéra pendant trente ans, s'y regarde comme chez lui, donne des conseils généralement écoutés au directeur, introduit et pilote les étrangers de distinction et est l'objet des attentions pleines de déférence des plus considérables parmi ces demoiselles, jusqu'au néophyte de la grande vie, qui s'essaye avec le menu fretin et n'aborde encore que timidement les favorites des vétérans de ce *turf* fermé et envié.

Debout, au milieu de la pièce, ou assis aux places les plus en vue, où ils se carrent avec affectation et complaisance, les tenants de haute volée des planètes les plus lumineuses, entourés des objets de leur flamme et de leurs amies et contemplés à distance respectueuse par toutes celles qui convoitent la succession.

Auprès d'eux, dispersés au hasard, causant, *flirtant*, plantant des jalons, ébauchant une intrigue, dérobant à droite et à gauche quelques... privautés, le reste de la compagnie. Tous corrects, distingués, tirés à quatre épingles, d'apparence aristocratique et de façons irréprochables jusqu'à l'impertinence.

AUJOURD'HUI

LE FOYER

Aussi vaste, aussi grandiose, aussi luxueux
que l'ancien était exigu et modeste. Des dorures partout — trop de dorures — des pein-
tures splendides, des sièges confortables, des
glaces étincelantes, un éclairage somptueux;
et, malgré cela, quelque chose de vulgaire,
de clinquant, de *déjà vu*... ailleurs que chez
des duchesses du noble faubourg.

On y arrive par un large couloir formant
vestibule et on y entre par une porte monu-
mentale en montant trois marches. Le coup
d'œil est d'autant moins agréable et réjouis-
sant que les proportions colossales de la salle
ne sont guère en rapport avec son contenu.
Le foyer, en effet, est beaucoup moins fré-
quenté que jadis — et, en tout cas, moins

animé, moins en train, moins amusant. Il est
généralement froid, triste, morne, silencieux
et paraît vide et inhabité, même les soirs où
il y a le plus de monde.

Il n'est pas jusqu'à l'huissier à chaîne
d'acier, tout de noir habillé, comme un garçon
de bureau de ministère, qui n'ait l'oreille
basse, la mine allongée et qui ne semble regretter son corridor borgne et son mirifique
tricorne d'antan...

LE CORPS DE BALLET

Toujours affriolant et capiteux, le corps de
ballet. Mais un peu moins compact, un **peu**
moins homogène, un peu moins *classique* que
par le passé. Un certain nombre de *sujets*
nous arrivent tout préparés de l'école de Mi-
lan. — Est-ce un aussi grand mal que le prétendent les purs? Les traditions françaises
sont légèrement délaissées, la discipline est
relâchée; et, si les jupes sont diminuées de
longueur — ce dont je ne me plains pas —
les costumes modernisés, les ballets écourtés,
l'art, le grand art, n'a peut-être pas gagné en
proportion de ces innovations...

Ces demoiselles sont plus fantaisistes et plus éclectiques que dans le vieux jeu; elles ne paraissent pas suffisamment pénétrées de la considération qui s'attache aux collages exclusivement aristocratiques; elles sacrifient, parfois, au veau d'or, sans distinction de caste ni de religion et elles font, à ce que je me suis laissé dire, l'école buissonnière.

Mais le diable n'y perd pas grand'chose. Beaucoup de jolies personnes, quoi qu'on en dise, et de mollets remarquables parmi elles. Elles n'ont rien à envier à leurs devancières de la bonne époque.

C'est dommage qu'on les voie si peu et qu'on n'ait pas plus d'occasions de leur témoigner toute l'admiration et toutes les coupables intentions qu'elles inspirent! Mais elles ont pris l'habitude de rester jusqu'à la dernière minute dans leurs loges et de ne descendre, pour la plupart, au foyer qu'un instant avant d'entrer en scène. Il y en a — et non des moins excitantes, hélas! — qui n'y viennent presque pas. Histoire de vous la faire aux grandes manières ou de donner satisfaction à la jalousie farouche et niaise des droguistes en disponibilité qui les accaparent.

Celles qui sont seules dans une loge, y reçoivent des visites. C'est actuellement le sublime du genre, le comble du *pschuttisme*.

Si elles daignent descendre et se montrer aux regards ébahis et libidineux de l'habitué, elles ne séjournent pas volontiers dans l'intérieur du foyer. Elles vont et viennent, elles circulent et elles s'arrêtent de préférence dans le grand vestibule, autour de la porte d'entrée, où elles forment des groupes sympathiques et engagent des colloques privés avec leurs intimes.

Pas de catégories ni de classement suivant les degrés de la hiérarchie chorégraphique. Elles n'observent aucune règle et ne se soumettent à aucune convention. Elles se dispersent en tirailleurs au gré de leur fantaisie et de leurs caprices et se mélangent au hasard dans toutes les directions, sans, cependant, adresser la parole et répondre autrement que par une politesse glaciale aux amabilités des amateurs qu'elles ne connaissent pas particulièrement. Dame ! il y a là tant d'inconnus, la foule des habits noirs est si mêlée, qu'on ne

sait pas toujours à qui l'on a affaire. Et ces
demoiselles ont leur dignité ! Elles se conduisent et surveillent leur maintien comme dans
un lieu public et affectent de fuir les contacts
impurs. Le tompin passé au crible, évalué,
estimé, pesé, choisi pour le bon motif et subi
pour son opulence et son utilité, passe encore,
puisqu'il n'y a pas moyen de faire autrement.
Mais la promiscuité avec cette engeance, sans
nécessité et sans profit, allons donc !...

LES HABITUÉS

Tout Paris et même une partie de la province. Les politiciens arrivés, les commer-
çants retraités ; les boursicotiers enrichis, la
petite juiverie en force ; des artistes, des journalistes, des hommes du monde, des musiciens, des amis de la direction, des clients,
des commanditaires, des protégés du gouvernement. Et au milieu de cette *olla-podrida*,
de cette cohue bigarrée et abracadabrante,
quelques rares abonnés de la vieille école,
perdus dans le tas, ayant résisté aux révolutions et aux secousses, désorientés, désem-

parés, et promenant tristement leur isolement et leurs regrets.

O vanité des grandeurs humaines! Tous ces gens-là, qui, au fond, s'ennuient à mort dans les coulisses, ont voulu y pénétrer, coûte que coûte, parce que c'était l'élégance suprême. Ayant l'argent, ils ont prétendu avoir aussi le chic, et ils ne se sont pas aperçus, les malheureux, que, du jour précisément où ils avaient envahi le cénacle, il avait cessé d'être un coin privilégié et élégant. Il ne l'était auparavant que parce qu'ils ne pouvaient pas y entrer, et il ne l'est plus parce qu'ils y sont... La rage d'égalité, qui n'est, après tout, que l'envie et la convoitise de la supériorité d'autrui, n'en fait jamais d'autres.

Dans cette fourmilière affairée et un peu confuse, où personne n'a de place marquée, d'habitudes bien déterminées ni de camaraderie suivie, où l'esprit de caste et de solidarité n'existe pas, il est malaisé de distinguer les physionomies et les types. La devise est : « Chacun pour soi et... Vénus pour tous. » Cependant quelques silhouettes très caractérisées émergent encore de la foule et méritent d'être crayonnées.

Au premier plan, le plus vieil abonné de
l'Opéra et le plus opiniâtre. Il a quarante ans
de bons et loyaux services et a eu une dou-
zaine au moins de directeurs tués sous lui.
Personnalité essentiellement parisienne, mondaine et boulevardière, il est connu de la terre
entière et apporte dans ses relations autant
d'éclectisme que d'affabilité et de bonhomie.

Le flot montant de la démocratie dans les
coulisses ne l'a point ébranlé et ne lui a pas
fait quitter la place. Il est resté calme et impassible à son poste de combat. Il fraye avec
les nouvelles couches et il se tient au courant
de tout ce qui se passe. Il sait le nom de
toutes ces demoiselles, connaît le fort et le
faible de chacune, s'informe avec intérêt de
leurs petites affaires, leur donne des conseils,
leur raconte des histoires et leur distribue des
friandises — n'ayant plus que cela à leur
offrir. Elles le taquinent, le vénèrent, le re-
cherchent et l'appellent : *le petit père B...on-
bon.*

Après celui-là, le Lauzun de la République. Il est riche, il est élégant, il est artiste, il est aimable ; il a été ministre, il veut
être à la mode, il fait la roue et il préfère les

faveurs du beau sexe aux agitations de la politique. Sa barbe d'or a grisonné; mais il n'en est pas moins aimé, l'heureux coquin, par la perle du corps de ballet... il le sait, il en est heureux et il ne dédaigne pas de le laisser entrevoir à la galerie. Il se promène dans les coulisses de l'air satisfait, important et bon prince qui convient à un triomphateur. Il distribue des poignées de main à droite et à gauche, reçoit avec une politesse un peu hautaine les *salamalecs* des directeurs et des machinistes et ne fait que de courtes apparitions au foyer, où son astre — à de rarissimes exceptions près — ne daigne pas se montrer. Il reste dans sa loge, le joli petit astre, et c'est là que se blottit le satellite...

Un autre type très particulier, très saillant et très intéressant, c'est le radical à tous crins, qui mange du bourgeois, pour la forme, à la tribune de la chambre et qui, sceptique, jouisseur, mondain, fin, spirituel et raffiné au fond, éprouve le besoin très naturel de profiter de sa célébrité pour goûter aux petites joies de la vie et pour se distraire un brin en bonne compagnie de la contrainte insupportable que lui impose son rôle politique. S'il

fréquente les coulisses, c'est pour son plaisir
et pour donner un libre cours à ses penchants
naturels. Froid, correct, soigné, même un
peu raide extérieurement, il ressemble à un
colonel de gendarmerie en retraite, plutôt
qu'à un champion de la démagogie. Il cour-
tise la brune et la blonde ; il est galant, empressé, caustique et amusant. Il se mêle in-
distinctement à tous les groupes, échange des
saluts et des amabilités avec les gens les plus
hostiles à ses doctrines révolutionnaires et ne
recule pas, à l'occasion, devant la petite fête
en cabinet particulier après le spectacle. Sa
spécialité est d'être l'ami intime — dans les
coulisses — des deux ou trois ducs et princes
qui s'y fourvoient encore de temps à autre.
Demandez plutôt au prince d'H....n.

Et ce sympathique *officier ministériel*, la
providence du divorce, le conseiller et l'ami
de toutes les jolies femmes, qui ont des difficultés avec leurs maris ou des discussions
avec leurs couturières ! Lui aussi est un pilier
de l'endroit, un des plus fermes soutiens des
ingénues du corps de ballet — pas toujours,
malheureusement pour lui, aussi ingénues
qu'il le voudrait. Coquet, grassouillet, por-

tant beau, il est sombre, ombrageux, insi-
nuant, langoureux et fidèle comme un ca-
niche. On ne voit que lui dans les encoignures
causant mystérieusement, à voix basse et
dans une attitude pleine de conviction, avec
la Dulcinée de son choix. Mais, par exemple,
quand il la pince à lui faire des traits avec un
choriste — comme les mauvaises langues
prétendent que c'est arrivé dernièrement —
il ne perd pas son temps à pleurer la tourte-
relle ; et, pour mieux marquer son mépris, il
en prend une, dès le lendemain, qui, physi-
quement au moins, est absolument le contraire de l'autre.

N'oublions pas le diplomate-littérateur, ou
le littérateur-diplomate, à votre choix ;
l'homme le plus connu, le plus actif, le plus
choyé de tout Paris ; le premier lanceur
d'étoiles de France et de Navarre ; le dispen-
sateur des prix de beauté et de talent ; le pro-
tecteur assermenté de toutes les débutantes,
qui se l'arrachent, l'ami fidèle et écouté des
arrivées ; l'ubiquiste le plus complet qui ait
jamais paru sur la surface du globe ; le Parisien le plus Parisien de tous ceux qui foulent
le bitume. Il circule partout, il court, il vole,

il se multiplie ; il prodigue ses faveurs ; il tara-
buste les danseuses et leur prend la taille en
déclamant *la Nuit d'octobre;* il sait tous les
potins, il est au courant de toutes les petites
intrigues et il les couvre de son inépuisable
bienveillance. Ne pas le voir est impossible;
ne pas le connaître, serait humiliant.

Puis, un baron célèbre, qui a trop construit
pour ne pas être un peu démoli, mais qui est
loin d'avoir abdiqué et qui éclipse encore les
jeunes par son étonnante verdeur.

Enfin, un ex-abbé de cour, un sémillant
prélat, qui, après avoir été la coqueluche des
salons et la consolation des femmes du monde
dans le marasme, a lâché la soutane pour
l'habit noir et ne confesse plus... qu'à l'Opéra.
Il n'a rien conservé de son ancien état, si ce
n'est l'onction et la politesse, et il n'a pas l'air
le moins du monde de regretter sa splendeur
passée. On le prendrait, au premier abord,
pour un bon bijoutier israélite retiré des
affaires et on lui taperait volontiers sur le
ventre. Les flatteurs l'appellent *Monseigneur*
et les petites espiègles du corps de ballet lui
demandent sa bénédiction...

TABLE

DES NOMS CITÉS DANS LE VOLUME

TABLE DES MATIÈRES

ÉMILE COLIN — IMPRIMERIE DE LAGNY